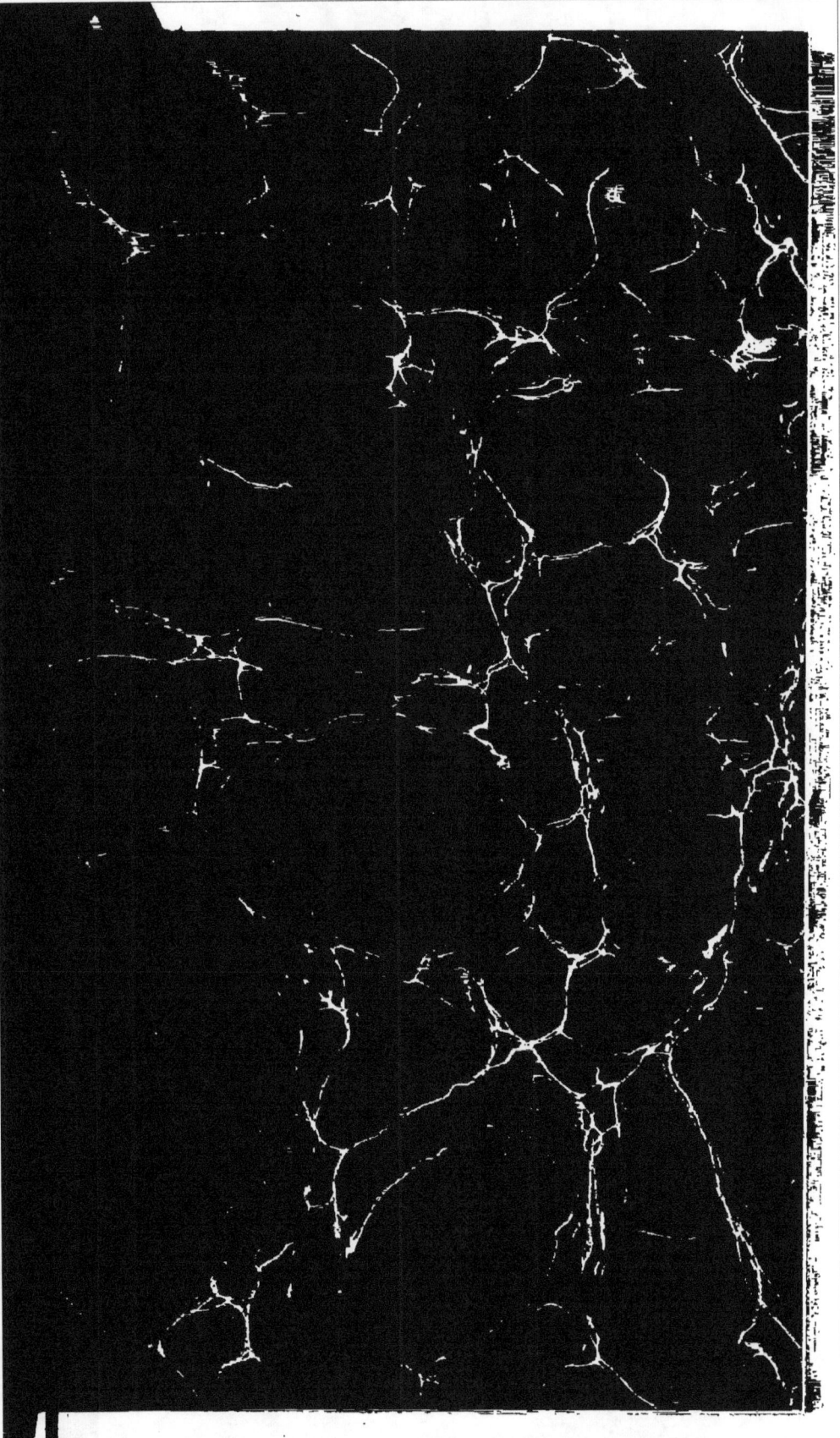

DE L'IMPRIMERIE DE L.-T. CELLOT.

L'AIR DE CONTENTEMENT DE CETTE JEUNE MÈRE DE FAMILLE
SEMBLAIT RENDRE HEUREUX TOUT CE QUI L'APPROCHAIT.

A. Desenne del. *J. N. Adam sc.*

ŒUVRES

COMPLÈTES

DE JACQUES-HENRI-BERNARDIN

DE

SAINT-PIERRE,

MISES EN ORDRE ET PRÉCÉDÉES DE LA VIE DE L'AUTEUR,

PAR L. AIMÉ-MARTIN.

. . . . Miseris succurrere disco.
Æn., lib. i.

VOYAGE A L'ILE-DE-FRANCE.
TOME PREMIER.

A PARIS,

CHEZ MÉQUIGNON-MARVIS, LIBRAIRE,
RUE DE L'ÉCOLE DE MÉDECINE, N° 3.

M. DCCC. XX.

PRÉFACE.

DE LA PREMIÈRE ÉDITION.

Ces Lettres et ces Journaux ont été écrits à mes amis. A mon retour, je les ai mis en ordre et je les ai fait imprimer, afin de leur donner une marque publique d'amitié et de reconnaissance. Aucun de ceux qui m'ont rendu quelque service dans mon voyage n'y a été oublié. Voilà quel a été mon premier motif.

Voici le plan que j'ai suivi. Je commencé par les plantes et les animaux naturels à chaque pays. J'en décris le climat et le sol tel qu'il était sortant des mains de la nature. Un paysage est le fond du tableau de la vie humaine.

1

Je passe ensuite aux caractères et aux mœurs des habitants. On trouvera, peut-être, que j'ai fait une satire. Je puis protester, qu'en parlant des hommes, j'ai dit le bien avec facilité et le mal avec indulgence.

Après avoir parlé des colons, j'entre dans quelques détails sur les végétaux et les animaux dont ils ont peuplé la colonie. L'industrie, les arts et le commerce de ces pays sont renfermés dans l'agriculture. Il semble que cet art simple devrait n'offrir que des mœurs aimables; mais il s'en faut bien qu'on mène dans ces contrées une vie patriarcale. J'en excepte les Hollandais. La mort vient d'enlever M. de Tolback, gouverneur du Cap, qui m'avait obligé. Si les lignes que je lui consacre dans ces Mémoires ne peuvent plus servir à ma reconnaissance, puisse, du moins, l'exemple de sa conduite être utile à ceux qui gouvernent des Français dans l'Inde ! J'aurai rendu un grand hommage à sa vertu, si je puis la faire imiter.

Ces Lettres sont accompagnées d'un Journal de Marine, d'un Voyage autour de l'Ile-de-France, des événements particuliers de mon retour, d'une explication abrégée de quelques termes de marine, et d'entretiens contenant des observations nouvelles sur la végétation.

Il me reste à m'excuser sur les sujets mêmes que j'ai traités, qui paraissent étrangers à mon état. J'ai écrit sur les plantes et les animaux, et je ne suis point naturaliste. L'histoire naturelle n'étant point renfermée dans des bibliothèques, il m'a semblé que c'était un livre où tout le monde pouvait lire. J'ai cru y voir les caractères sensibles d'une Providence; et j'en ai parlé, non comme d'un système qui amuse mon esprit, mais comme d'un sentiment dont mon cœur est plein.

Au reste, je croirai avoir été utile aux hommes, si le faible tableau du sort des malheureux noirs peut leur épargner un seul coup de fouet, et si les Européens

qui crient en Europe contre la tyrannie,
et qui font de si beaux traités de morale,
cessent d'être aux Indes des tyrans barbares.

Je croirai avoir rendu service à ma patrie, si j'empêche un seul honnête homme
d'en sortir, et si je puis le déterminer à
y cultiver un arpent de plus dans quelque
lande abandonnée.

Pour aimer sa patrie, il faut la quitter.
Je suis attaché à la mienne, quoique je
n'y tienne ni par ma fortune ni par mon
état; mais j'aime les lieux où, pour la
première fois, j'ai vu la lumière, j'ai
senti, j'ai aimé, j'ai parlé.

J'aime ce sol que tant d'étrangers adoptent, où tous les biens nécessaires abon-
dent, et qui est préférable aux deux Indes
par sa température, par la bonté de ses
végétaux et par l'industrie de son peuple.

Enfin, j'aime cette nation où les relations sont plus nombreuses, où l'estime
est plus éclairée, l'amitié plus intime, et
la vertu même plus aimable.

Je sais bien qu'on trouve en France,
ainsi qu'autrefois à Athènes, ce qu'il y a
de meilleur et de plus dépravé. Mais enfin, c'est la nation qui a produit Henri iv,
Turenne et Fénelon. Ces grands hommes
qui l'ont gouvernée, défendue et instruite,
l'ont aussi aimée.

VOYAGE

A L'ILE-DE-FRANCE.

LETTRE I.

De Lorient, le 4 janvier 1768.

JE viens d'arriver à Lorient après avoir éprouvé un froid excessif. Tout était glacé depuis Paris jusqu'à dix lieues au delà de Rennes. Cette ville, qui fut incendiée en 1720, a quelque magnificence, qu'elle doit à son malheur. On y remarque plusieurs bâtiments neufs, deux places assez belles, la statue de Louis xv, et sur-tout celle de Louis xiv. L'intérieur du Parlement est assez bien décoré, mais, ce me semble, avec trop

d'uniformité. Ce sont par-tout des lambris
peints en blanc, relevés de moulures do-
rées. Ce goût règne dans la plupart des églises
et des grands édifices. D'ailleurs, Rennes m'a
paru triste. Elle est au confluent de la Vi-
laine et de l'Ille, deux petites rivières qui
n'ont point de cours. Ses faubourgs sont formés de petites maisons assez sales; ses rues
mal pavées. Les gens du peuple s'habillent
d'une grosse étoffe brune, ce qui leur donne
un air pauvre.

J'ai vu en Bretagne quantité de terres in-
cultes. Il n'y croît que du genêt, et une
plante à fleurs jaunes qui ne paraît composée
que d'épines : les paysans l'appellent lande
ou jan; ils la pilent et la font manger aux bestiaux. Le genêt ne sert qu'à chauffer les
fours : on pourrait en tirer un meilleur parti,
sur-tout dans une province maritime. Les
Romains en faisaient d'excellents cordages,
qu'ils préféraient au chanvre pour le service
des vaisseaux. C'est à Pline que je dois cette
observation ; on sait qu'il commanda les
flottes de l'empire.

Ne pourrait-on pas, dans ces landes, planter avec succès la pomme de terre, subsistance toujours assurée, qui ne craint ni l'inconstance des saisons, ni les magasins des monopoleurs ?

L'industrie paraît étouffée par le gouvernement aristocratique ou des États. Le paysan, qui n'y a point de représentants, n'y trouve aucune protection. En Bretagne, il est mal vêtu, ne boit que de l'eau, et ne vit que de blé noir.

La misère des hommes croît toujours avec leur dépendance. J'ai vu le paysan riche en Hollande, à son aise en Prusse, dans un état supportable en Russie, et dans une pauvreté extrême en Pologne : je verrai donc le nègre, qui est le paysan de nos colonies, dans une situation déplorable. En voici, je crois, la raison. Dans une république il n'y a point de maître, dans une monarchie il n'y en a qu'un ; mais le gouvernement aristocratique donne à chaque paysan un despote particulier.

De la liberté naît l'industrie. Le paysan suisse est ingénieux ; le serf polonais n'imagine rien. Cette stupeur de l'ame, plus propre

que la philosophie à supporter les grands
maux, paraît un bienfait de la Providence.
Quand Jupiter, dit Homère, *réduit un
homme à l'esclavage, il lui ôte la moitié
de son esprit.*

Passez-moi ces réflexions. Il est difficile
de voir de grandes misères, sans en chercher le remède ou la cause.

Vers la Basse-Bretagne, la nature paraît,
en quelque sorte, rapetissée. Les collines, les
vallons, les arbres, les hommes et les animaux y sont plus petits qu'ailleurs. La campagne, divisée en champs de blé, en pâturages entourés de fossés, et ombragés de
chênes, de châtaigniers et de haies vives, a
un air négligé et mélancolique qui me plai-
rait, sans la saison qui rend tous les paysages tristes.

On trouve, en plusieurs endroits, des car-
rières d'ardoise, de marbre rouge et noir,
des mines de plomb mêlé d'un argent très-
ductile. Mais les véritables richesses du pays
sont ses toiles, ses fils et ses bestiaux. L'industrie renaît avec la liberté, par le voisinage des ports de mer. C'est peut-être le seul

bien que produise le commerce maritime, qui
n'est guère qu'une avarice dirigée par les lois.
Singulière condition de l'homme de tirer souvent de ses passions plus d'avantages que de
sa raison !

Le paysan bas-breton est à son aise. Il se
regarde comme libre dans le voisinage d'un
élément sur lequel tous les chemins sont ou-
verts. L'oppression ne peut s'étendre plus
loin que sa fortune. Est-il trop pressé ? il
s'embarque. Il retrouve sur le vaisseau où il
se réfugie, le bois des chênes de son enclos,
les toiles que sa famille a tissues, et le blé de
ses guérets, dieux de ses foyers qui l'ont
abandonné. Quelquefois dans l'officier de son
vaisseau, il reconnaît le seigneur de son village. A leur misère commune, il voit que
ce n'est qu'un homme souvent plus à plaindre
que lui. Libre sur sa propre réputation, il
devient le maître de la sienne; et, du bout
de la vergue où il est perché, il juge, au milieu du feu et de l'orage, celui qu'aux États
il n'eût osé examiner.

Je n'ai point encore vu Lorient. Une demi-
lieue avant d'arriver, nous avons passé, en

bac, un petit bras de mer ; voilà tout ce que
j'ai pu distinguer. Un brouillard épais couvrait tout l'horizon : c'est un effet du voisinage de la mer ; aussi l'hiver y est moins
rude.

Cette observation a encore lieu le long des
étangs et des lacs. Ne serait-ce point pour fa-
voriser, même en hiver, la génération d'une
multitude d'insectes et de vermisseaux aquatiques qui habitent le sable des rivages ? Quoi
qu'il en soit, la facilité d'y vivre et la température y attirent, du nord, un nombre infini d'oiseaux de mer et de rivière. La nature
peut bien leur réserver quelques lisières de
côte, quelque portion d'air tempéré, elle qui
a destiné plus de la moitié de ce globe aux
seuls poissons.

Je suis, etc.

LETTRE II.

De Lorient, ce 18 janvier 1768.

LORIENT est une petite ville de Bretagne, que le commerce des Indes rend de plus en plus florissante. Elle est, comme toutes les villes nouvelles, régulière, alignée et imparfaite : ses fortifications sont médiocres. On y distingue de beaux magasins, l'Hôtel des Ventes qui n'est point fini, une tour qui sert de découverte, des quais commencés, et de grands emplacements où l'on n'a point bâti. Elle est située au fond d'une baie où se jettent la rivière de Blavet et celle de Ponscorff, qui déposent beaucoup de vase dans le port. Cette baie ou rade est défendue à son entrée, qui est étroite, par le Port-Louis ou Blavet, dont la citadelle a le défaut d'être trop élevée; ce qui rend ses feux plongeants. Ses flancs, déjà trop étroits, ont des orillons, dont l'usage

2

n'est avantageux que pour la défense du fossé ; or, elle n'en a point d'autre que la mer qui baigne le pied de ses remparts.

Le Port-Louis est une ville ancienne et déserte. C'est un vieux gentilhomme dans le voisinage d'un financier. La noblesse demeure au Port-Louis ; mais les marchands, les mousselines, les soieries, l'argent, les jolies femmes se trouvent à Lorient. Les mœurs y sont les mêmes que dans tous les ports de commerce. Toutes les bourses y sont ouvertes : mais on ne prête son argent qu'à la grosse ; ce qui, pour les Indes, est à vingt-cinq ou trente pour cent par an. Celui qui emprunte est plus embarrassé que celui qui prête ; les profits sont incertains, et les obligations sont sûres. Les lois autorisent ces emprunts par des contrats de grosse, qui donnent aux créanciers une sorte de propriété sur toute la cargaison du vaisseau, pouvoir qui s'étend, pour la plupart des marins, sur toute leur fortune.

Il y a trois vaisseaux prêts à appareiller pour l'Ile-de-France : *la Digue*, *le Condé* et *le Marquis de Castries*. Il y en a d'autres

en armement, et quelques-uns en construction. Le bruit des charpentiers, le tinta-
marre des calfats, l'affluence des étrangers, le
mouvement perpétuel des chaloupes en rade,
inspirent je ne sais quelle ivresse maritime.
L'idée de fortune qui semble accompagner
l'idée des Indes, ajoute encore à cette illusion. Vous croiriez être à mille lieues de Paris. Le peuple de la campagne ne parle plus
français ; celui de la ville ne connaît d'autre
maître que la Compagnie. Les honnêtes gens
s'entretiennent de l'Ile-de-France et de Pondichéry, comme s'ils étaient dans le voisinage. Vous pensez bien que les tracasseries
de comptoirs arrivent ici avec les pacotilles
de l'Inde; car l'intérêt divise encore mieux
les hommes qu'il ne les rapproche.

Je suis, etc.

———

~~~~~~

LETTRE III.

De Lorient, le 20 février 1768.

Nous n'attendons, pour partir, que les vents favorables. Mon passage est arrêté sur le vaisseau *le Marquis de Castries*. C'est un navire de huit cents tonneaux, de cent quarante-six hommes d'équipage, chargé de mâtures pour le Bengale. Je viens de voir le lieu qui m'est destiné. C'est un petit réduit en toile dans la grande chambre. Il y a quinze passagers. La plupart sont logés dans la sainte-barbe. C'est le lieu où l'on met les cartouches et une partie des instruments de l'artillerie. Le maître canonnier a l'inspection de ce poste, et y loge, ainsi que l'écrivain, l'aumônier et le chirurgien-major. Au-dessus est la grande chambre, qui est l'appartement commun où l'on mange. Le second étage

comprend la chambre du conseil, où com-
munique celle du capitaine. Elle est décorée,
au dehors, d'une galerie; c'est la plus belle
salle du vaisseau. Les chambres des officiers
sont à l'entrée, afin qu'ils puissent veiller aux
manœuvres qui se font sur le pont. Le premier pilote et le maître des matelots sont logés avec eux pour les mêmes raisons.

L'équipage loge sous les gaillards, et dans
l'entrepont, prison ténébreuse où l'on ne
voit goutte. Les gaillards comprennent la
longueur du navire, qui est de niveau avec
la grande chambre, lorsqu'il y a un passavant, comme dans celui-ci; les cuisines sont
sous le gaillard d'avant, les provisions dans
des compartiments au-dessous, les marchandises dans la cale, la soute aux poudres au-
dessous de la sainte-barbe.

Voilà, en gros, l'ordre de notre vaisseau;
mais il serait impossible de vous en peindre
le désordre. On ne sait où passer. Ce sont
des caisses de vin de Champagne, des coffres,
des tonneaux, des malles, des matelots qui
jurent, des bestiaux qui mugissent, des oies
et des volailles qui piaulent sur les dunettes;

2*

et, comme il fait gros temps, on entend siffler les cordes et gémir les manœuvres, tandis que notre lourd vaisseau se balance sur ses câbles. Près de nous sont mouillés plusieurs vaisseaux dont les porte-voix nous assourdissent : *évite à tribord ; largue l'amarre*..... Fatigué de ce tumulte, je suis descendu dans ma chaloupe, et j'ai débarqué au Port-Louis.

Il faisait très-grand vent. Nous avons traversé la ville sans y rencontrer personne. J'ai vu, des murs de la citadelle, l'horizon bien noir, l'île de Grois couverte de brume, la pleine mer fort agitée ; au loin, de gros vaisseaux à la cape, de pauvres chasse-marées à la voile entre deux lames ; sur le rivage, des troupes de femmes transies de froid et de crainte ; une sentinelle à la pointe d'un bastion, tout étonnée de la hardiesse de ces malheureux qui pêchent, avec les mauves et les goëlands, au milieu de la tempête.

Nous sommes revenus bien boutonnés, bien mouillés, et la main sur nos chapeaux. En traversant Lorient, nous avons vu toute

la place couverte de poisson : des raies blanches, violettes, d'autres tout hérissées d'é-
pines ; des chiens de mer, des congres monstrueux qui serpentaient sur le pavé ; de grands
paniers pleins de crabes et de homards ; des
monceaux d'huîtres, de moules, de pétoncles ; des merlus, des soles, des turbots.....
enfin une pêche miraculeuse comme celle
des apôtres.

Ces bonnes gens en ont la bonne foi et la
piété : quand on pêche la sardine, un prêtre
va avec la première barque, et bénit les eaux.
C'est l'amour conjugal des vieux temps : à
mesure qu'ils arrivaient, leurs femmes et
leurs enfants se pendaient à leurs cous. C'est
donc parmi les gens de peine que l'on trouve
encore quelques vertus ; comme si l'homme
ne conservait des mœurs, qu'en vivant toujours entre l'espérance et la crainte.

Cette partie de la côte est fort poissonneuse. Les mêmes espèces de poissons y sont,
pour la plupart, plus grandes qu'aux autres
endroits ; mais elles sont inférieures pour le
goût. On m'a assuré que la pêche de la sardine rapportait quatre millions de revenu à

la province. Il est assez singulier qu'il n'y ait point d'écrevisses dans les rivières de Bretagne; ce qui vient peut-être de ce que les eaux n'y sont pas assez vives.

Nous sommes rentrés dans notre auberge, les oreilles tout étourdies du bruit et du vent de la mer. Il y avait avec nous deux Parisiens, les sieurs B**** père et fils, qui devaient s'embarquer sur notre vaisseau; ils ont, sans rien dire, fait atteler leur chaise, et sont retournés à Paris.

~~~~~~

LETTRE IV.

A bord du *Marquis de Castries*, le 3 mars 1768,
à onze heures du matin.

JE n'ai que le temps de vous faire mes adieux;
nous appareillons. Je vous recommande les
cinq lettres incluses; il y en a trois pour la
Russie, la Prusse et la Pologne. Par-tout où
j'ai voyagé, j'ai laissé quelqu'un que je regrette.

Mais le vaisseau est à pic. J'entends le bruit
des sifflets, les hissements du cabestan, et les
matelots qui virent l'ancre..... Voici le dernier coup de canon. Nous sommes sous voiles;
je vois fuir le rivage, les remparts et les toits
du Port-Louis. Adieu, amis plus chers que
les trésors de l'Inde !..... Adieu, forêts du
nord, que je ne reverrai plus ! Tendre amitié!
sentiment plus cher qui la surpassiez ! temps
d'ivresse et de bonheur qui s'est écoulé

comme un songe! adieu.... adieu.... On ne
vit qu'un jour pour mourir toute la vie.

Vous recevrez mon journal, mes lettres et
mes regrets. Je vous aimerai toujours.... je
ne puis vous en dire davantage.

Je suis, etc.

JOURNAL.

EN MARS, 1768.

Nous sortîmes le 3, à onze heures et un quart du matin. Le vent était au nord-est, la marée pas assez haute; peu s'en fallut que nous ne touchassions sur un rocher à droite dans la passe. Quand nous fûmes par le travers de l'île de Grois, nous mîmes en panne pour attendre quelques passagers et officiers. Un seul rejoignit le vaisseau, dans le temps que nous mettions en route.

Le 4, le temps fut assez beau; sur le soir, cependant, la mer grossit et le vent augmenta.

Le 5, il s'éleva un très-gros temps. Le

vaisseau était en route sous ses deux basses
voiles. J'étais très-fatigué du mal de mer. A
dix heures et demie du matin, étant sur mon
lit, j'éprouvai une forte secousse. Quelqu'un
cria que le vaisseau venait de toucher. Je
montai sur le pont, où je vis tout le monde
consterné. Une lame, venant de tribord,
avait enlevé à la mer la yole ou petite chaloupe, le maître des matelots, et trois hommes. Un seul d'entre eux resta accroché dans
les haubans du grand mât, d'où on le tira,
l'épaule et la main fracassées. Il fut impossible de sauver les autres, que l'on ne revit
plus.

Ce malheur vint de la faute du vaisseau,
qui gouvernait mal. Sa poupe était trop renflée dans l'eau, ce qui détruisait l'action du
gouvernail. Le mauvais temps dura tout le
jour, et l'agitation du vaisseau fit périr presque toutes nos volailles. J'avais un chien,
qui ne cessa de haleter de malaise. Les seuls
animaux que j'y vis insensibles, furent des
moineaux et des serins, accoutumés à un
mouvement perpétuel. On porte ces oiseaux
aux Indes par curiosité.

Je fus très-incommodé, ainsi que les autres passagers. Il n'y a point de remède contre ce mal, qui excite des vomissements affreux. Il est utile cependant de prendre quelques nourritures sèches, et sur-tout des fruits acides.

Le 6, le temps se mit au beau. On pria Dieu pour ces pauvres matelots. Le maître était un fort honnête homme. On répara le désordre de la veille. La lame, en tombant sur le vaisseau, avait brisé la poutre qui borde le caillebotis, quoiqu'elle eût dix pouces de diamètre. Elle enfonça une des épontilles ou supports du gaillard d'avant dans le pont inférieur, et en rompit une des traverses.

Le 7, nous nous estimions par le travers du cap Finistère, où les coups de vent sont fréquents et la mer grosse, ainsi qu'à tous les caps.

Le 8, belle mer et bon vent. Nous vîmes voler des manches-de-velours, oiseaux marins blancs dont les ailes sont bordées de noir.

Le 9 et le 10, l'air me parut sensiblement

3

plus chaud, et le ciel plus intéressant. Nous approchons des îles *Fortunées,* s'il est vrai que le Ciel ait mis le bonheur dans quelque île.

Le 11, le vent calma ; la mer était couverte de bonnets-flamands, espèce de mucilage organisé, de la forme d'une toque, ayant un mouvement de progression. Le matin nous vîmes un vaisseau.

Le 12 et le 13, on fit quelques réglements de police. Il fut décidé que chaque passager n'aurait qu'une bouteille d'eau par jour. Le repas du matin fut fixé à dix heures, et consistait en viandes salées et en légumes secs. Celui du soir, à quatre heures, était un peu meilleur. On éteignait tous les feux passé huit heures.

Le 14, on avait compté voir l'île Madère, mais nous étions trop dérivés à l'ouest; il fit calme tout le jour. Nous vîmes deux oiseaux de la grosseur d'un pigeon, d'une couleur brune, volant vers l'ouest à la hauteur des mâts ; nous les prîmes pour des oiseaux de terre, ce qui semblait nous indiquer qu'il y avait quelque île sur notre gauche. Ces si-

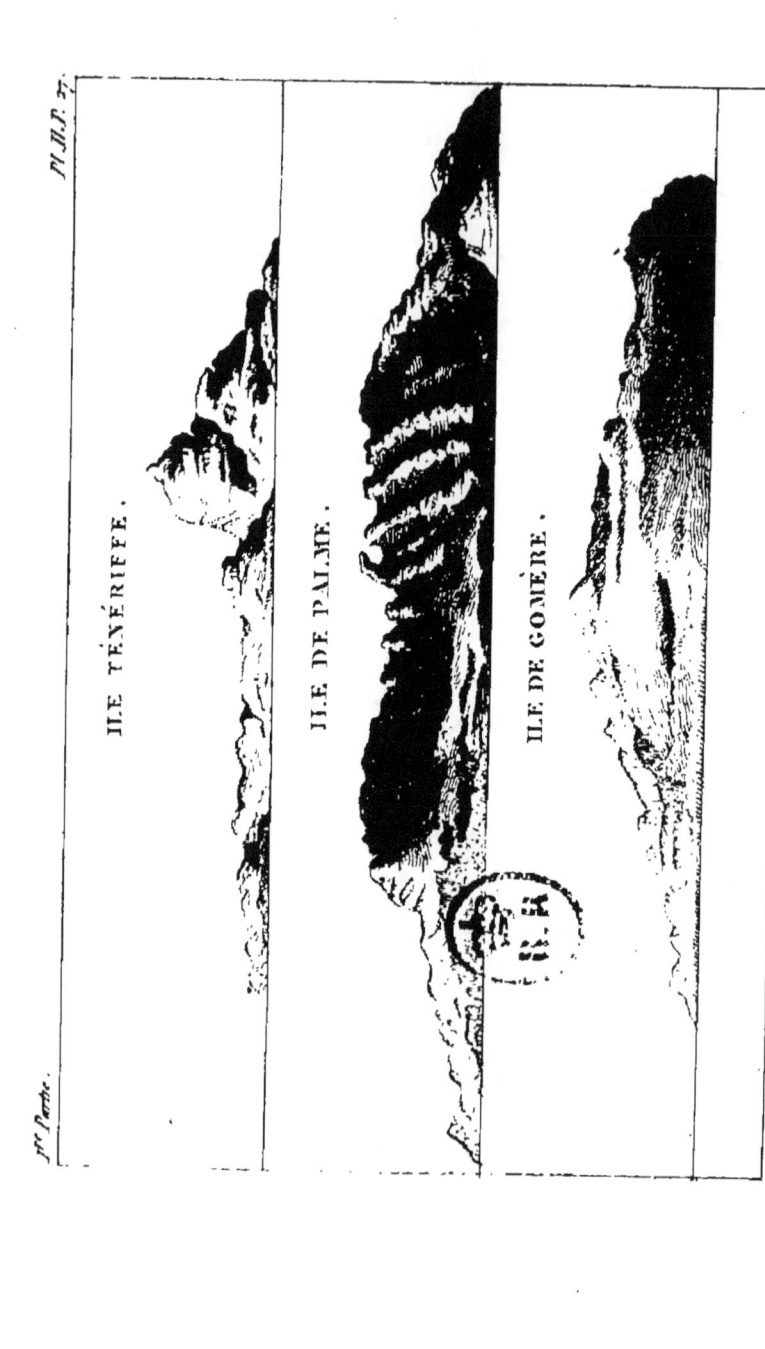

Pl. III. P. 37.

1re Partie.

ILE TÉNÉRIFFE.

ILE DE PALME.

ILE DE GOMÈRE.

gnes sont importants, mais les marins ont
des observations peu sûres sur les oiseaux. Ils
confondent presque toutes les espèces des
côtes de l'Europe, sous le nom de mauves et
de goëlands.

Le 15, le calme continua : cependant,
vers la nuit, nous eûmes un peu de vent.
Un brigantin anglais passa près de nous dans
l'après-midi, et nous salua de son pavillon.

Le 16, au lever du soleil, nous vîmes
l'île de Palme devant nous ; à gauche, l'île
de Ténériffe, avec son pic, qui a la forme
d'un dôme surmonté d'une pyramide. Ces
îles furent couvertes de brume tout le jour,
et la nuit d'éclairs et d'orages ; spectacle qui
effraya les premiers marins qui les décou-
vrirent de nos temps. On sait que les Romains en avaient ouï parler, puisque Serto-
rius voulut s'y retirer. Les Carthaginois, qui
trafiquaient en Afrique, les connaissaient.
L'historien Juba en compte cinq, et en fait
une description détaillée : il en appelle une,
l'île de Neige, parce que, dit-il, elle s'y
conserve toute l'année. Nous vîmes, en
effet, le pic couvert de neige, quoique l'air

fût chaud. Ces îles sont, dit-on, les débris
de cette grande île Atlantide dont parle Pla-
ton. A la profondeur des ravins dont leurs
montagnes sont creusées, on peut croire que
ce sont les débris de cette terre originelle,
bouleversée par un événement dont la tra-
dition s'est conservée chez tous les peuples.
Selon Juba, l'île Canarie prit son nom de
la grandeur des chiens qu'on y élevait. Les
Espagnols, à qui elles appartiennent, en tirent d'excellente malvoisie.

Les 17, 18 et 19, nous passâmes au milieu des îles, laissant Ténériffe à gauche et
Palme à droite; Gomère nous resta à l'est.
Je dessinai la vue de ces îles, qui sont sillon-
nées de ravins très-profonds, entr'autres
l'île de Palme.

Nous vîmes un poisson-volant. Une huppe
vint se reposer sur notre vaisseau, et prit
son vol à l'ouest : elle était d'un rouge couleur d'orange; ses ailes et son aigrette mar-
brées de blanc et de noir, son bec noir
comme l'ébène ét un peu recourbé.

Le 20, nous laissâmes l'île de Fer à l'ouest,
et nous perdîmes de vue toutes ces îles. La

vue de ces terres, situées sous un si beau climat, nous inspira bien des vœux inutiles. Nous comparions le repos, l'abondance, l'union et les plaisirs de ces insulaires, à notre vie inquiète et agitée. Peut-être, en nous voyant passer, quelque malheureux Canarien, sur un rocher brûlé, faisait des vœux pour être à bord d'un vaisseau qui cinglait à pleines voiles vers les Indes orientales.

Le 21, nous vîmes une hirondelle de terre, ensuite un requin. Tant que nous fûmes dans le parage de ces îles, nous eûmes du calme le jour, et le vent ne s'élevait qu'au soir.

Le 22, la chaleur fut si forte, qu'elle fit casser une quantité de bouteilles de vin de Champagne, quoiqu'elles fussent encaissées dans du sel : c'est une pacotille que font beaucoup d'officiers pour les Indes; chaque bouteille s'y vend une pistole. Cette inondation, qui pénétrait tout, détruisit des laitues et du cresson que j'avais semés dans du coton mouillé, où ces plantes croissaient à merveille; cette liqueur salée était si corrosive, qu'elle gâta absolument ceux de mes papiers qui en furent mouillés.

Le 23, nous eûmes grand frais ; la mer me
parut grise et verdâtre, comme sur les hauts-
fonds : on prétend qu'on trouve la sonde à
plus de quatre-vingts lieues de la côte d'Afrique, qui est peu élevée dans ces parages.
Nous vîmes un vaisseau faisant route au Sé-
négal.

Le 24, nous trouvâmes les vents alizés ou
de nord-est ; le vaisseau roulait beaucoup.

Le 25 et le 26, beau temps et bon vent ;
nous dépassâmes la latitude des îles du Cap-
Vert, que nous ne vîmes point : elles sont
aux Portugais. On y trouve des rafraîchissements ; mais le premier de tous, l'eau, s'y
fait difficilement. Nous vîmes des poissons-
volants, et une hirondelle de terre. On s'a-
perçut que le blé sarrasin s'échauffait dans
la soute, au point de n'y pouvoir supporter
la main ; on le mit à l'air. Il est arrivé que
des vaisseaux se sont embrasés par de pareils
accidents. Il y eut, en 1760, un vaisseau anglais chargé de chanvre, qui brûla dans la
mer Baltique. Le chanvre s'était enflammé
de lui-même ; j'en vis les débris sur les côtes
de l'île de Bornholm.

Le 27, on dressa une tente de l'avant à l'arrière, pour préserver l'équipage de la chaleur. Nous vîmes des galères, espèce de mucilage vivant.

Les 28 et 29, nous vîmes des poissons-volants, et une quantité considérable de thons.

Le 30, on se prépara à la pêche, et nous prîmes dix thons, dont le moindre pesait soixante livres : nous vîmes un requin. La chaleur augmentait, et l'équipage souffrait impatiemment la soif.

Le 31, on prit une bonite ; des matelots altérés percèrent et ouvrirent, pendant la nuit, les jarres de plusieurs passagers, qui, par-là, se trouvèrent, comme les gens de l'équipage, réduits à une pinte d'eau par jour.

OBSERVATIONS SUR LES MOEURS DES GENS DE MER.

Je ne vous parlerai que de l'influence de la mer sur les marins, afin d'inspirer quelque indulgence sur des défauts qui tiennent à leur état.

La promptitude qu'exige la manœuvre, les

rend grossiers dans leurs expressions. Comme ils vivent loin de la terre, ils se regardent comme indépendants : ils parlent souvent des princes, des lois et de la religion, avec une liberté égale à leur ignorance. Ce n'est pas que, suivant les circonstances, ils ne soient dévots, même superstitieux. J'en ai connu plus d'un, qui n'aurait pas voulu appareiller un dimanche ou un vendredi. En général, leur religion dépend du temps qu'il fait.

L'oisiveté où ils vivent, leur fait aimer la médisance et les contes. Le banc de quart est le lieu où les officiers débitent les fables et les merveilles.

L'habitude de faire sans cesse de nouvelles connaissances, les rend inconstants dans leurs sociétés et dans leurs goûts : sur mer ils désirent la terre, à terre ils regrettent la mer.

Dans une longue traversée, il est prudent de se livrer peu et de ne disputer jamais. La mer aigrit naturellement l'humeur. La plus légère contestation y dégénère en querelle. J'en ai vu naître pour des ques-

tions de philosophie. Il est vrai que ces ques-
tions ont quelquefois brouillé des philosophes
à terre.

En général, ils sont taciturnes et sombres.
Peut-on être gai au milieu des dangers, et
privé des premiers besoins de la vie ?

Il ne faut pas oublier leurs bonnes qualités.
Ils sont francs, généreux, braves, et sur-tout
bons maris. Un homme de mer se regarde
comme étranger à terre, et sur-tout dans sa
propre maison. Étonné de la nouveauté des
meubles, du logement, des usages, il laisse
à sa femme le pouvoir de le gouverner dans
un monde qu'il connaît peu.

Les matelots ajoutent à ces bonnes et mau-
vaises qualités les vices de leur éducation.
Ils sont adonnés à l'ivrognerie. On leur dis-
tribue, chaque jour, une ration de vin ou
d'eau-de-vie. Ils sont sept hommes à chaque
plat; j'en ai vu s'arranger entre eux pour
boire alternativement la ration des sept. Quelques-uns sont adonnés au vol. Il y en a
d'assez habiles pour dépouiller leurs camarades pendant le sommeil. Dans cette classe
d'hommes si malheureux, il s'en trouve d'une

probité rare. Ordinairement, le maître et le
canonnier sont des hommes de confiance sur
lesquels roule toute la police de l'équipage.
On peut y joindre le premier pilote, dont
l'état chez nous est déchu, je ne sais pourquoi, de la distinction qu'il mérite; ce n'est
que le premier officier marinier. De ces trois
hommes dépend la bonté de l'équipage, et
souvent le succès de la navigation.

Le dernier homme du vaisseau est le coq,
coquus, le cuisinier. Les mousses sont des
enfants, traités souvent avec trop de barbarie.
Il n'y a guère d'officier ou de matelot qui ne
leur fasse éprouver son humeur. On s'amuse
même, sur quelques vaisseaux, à les fouetter
quand il fait calme, pour faire, dit-on, venir
le vent. Ainsi l'homme, qui se plaint si souvent de sa faiblesse, abuse presque toujours
de sa force.

Vous conclurez de tout ceci qu'un vaisseau
est un lieu de dissension; qu'un couvent et
une île, qui sont des espèces de vaisseaux,
doivent être remplis de discorde, et que l'in-
tention de la nature, qui d'ailleurs s'explique
si ouvertement, est que la terre soit peu-

plée de familles, et non de sociétés et de confréries.

Après avoir porté ma censure sur les mœurs des gens de mer, il est bon aussi que je l'étende sur les miennes.

J'ai fait une faute essentielle dans le journal de ce mois, en oubliant de rapporter les noms du maître des matelots, et des deux autres infortunés qui furent enlevés d'un coup de mer de dessus le pont du vaisseau, le 5 du mois précédent, vers la hauteur du cap Finistère. A la vérité, ils n'étaient que matelots; mais ils étaient hommes, compagnons, et, qui plus est, coopérateurs de mon voyage sur un vaisseau où je n'étais moi-même qu'un spéculateur oisif et fort inutile à la manœuvre.

J'ai observé souvent dans les relations de voyage des vaisseaux hollandais et anglais, que s'il vient à y périr le moindre matelot, on y tient note de ses noms de famille et de baptême, de son âge, du lieu de sa naissance, à quoi l'on ajoute presque toujours quelque trait de ses mœurs qui le caractérise. On en trouve des exemples fréquents,

dans des relations même faites par des vice-
amiraux, commodores, commandants, etc.
Le capitaine Cook, sur-tout, y est fort exact
dans ses voyages autour du monde. Cet usage
est une preuve du patriotisme et du fonds
d'humanité qui règnent parmi ces nations.
D'ailleurs, dans le journal d'un vaisseau, le
nom, les mœurs et la famille d'un matelot
qui périt à son service, doivent être au moins
aussi intéressants, pour des hommes, que le
nom, les mœurs et la famille d'un poisson
ou d'un oiseau de marine, pris en pleine mer,
dont nos marins ne manquent pas d'enrichir
leurs journaux, quand ils en trouvent l'oc-
casion. Bien plus, il n'y a pas une vergue
cassée, ou une manœuvre rompue sur le vaisseau, dont ils ne vous tiennent compte, le
tout pour se donner un air savant et entendu
aux choses de la mer. Voilà ce que j'ai tâché moi-même d'imiter dans mon journal,
séduit par les exemples nationaux, et par
l'éducation de mon pays, qui ramène chacun
de nous à être le premier par-tout où il se
trouve, et, par conséquent, à mépriser tout
ce qui est au-dessous de soi, et à haïr sou-

vent ce qui est au-dessus. Comme j'avais
l'honneur d'être officier de sa majesté, dans le
grade de capitaine-ingénieur, je n'ai pas cru
que des matelots fussent des êtres assez importants pour en faire une mention particulière, lorsqu'ils venaient à mourir. Et,
quoique je puisse me rendre cette justice,
que j'avais le cœur constamment occupé d'un
grand objet d'humanité, dans un voyage que
je n'avais entrepris que pour concourir au
bonheur des noirs de Madagascar, il est probable que je me faisais illusion à moi-même,
et que je ne me proposais, au bout du compte,
que la gloire d'être le premier, même parmi des sauvages. J'étais comme beaucoup
d'hommes que j'ai connus, qui se proposent
de faire des républiques, et qui se gardent
bien d'en établir dans les sociétés où ils
vivent. Ils veulent faire des républiques pour
en être les législateurs ; mais ils seraient bien
fâchés d'y vivre comme simples membres.
Nous ne sommes dressés qu'à la vanité.

Pour moi, à qui l'adversité a dit tant de
fois que je n'étais qu'un homme souvent
plus misérable qu'un matelot, par le dé-

4

sordre de ma santé, et par mes préjugés, qui m'ont, dès l'enfance, fait poser les bases de mon bonheur sur l'opinion inconstante d'autrui; si je refaisais la relation d'un pareil voyage de long cours, j'y mettrais, non les mesures d'un vaisseau mal construit, tel qu'était le nôtre (à moins que celui où je serais ne fût remarquable par sa vitesse ou quelque autre bonne qualité), mais les noms de tous les gens de l'équipage. Je n'y oublierais pas le moindre mousse; et, au lieu d'observer les mœurs des poissons et des oiseaux qui vivent hors du vaisseau, j'étudierais et noterais celles des matelots qui le font mouvoir; car des caractères humains seraient plus intéressants à décrire, non-seulement que ceux des animaux, mais même que ceux des hommes qui habitent constamment le même coin de terre, et sur-tout que ceux des gens du monde, vers lesquels se dirigent sans cesse les observations de nos philosophes.

Les mœurs des gens de mer sont beaucoup plus variées par leur vie cosmopolite et amphibie, et plus apparentes par la rudesse de

leur métier et leur franchise, que celles des
princes. C'est là que l'on peut connaître
l'homme tout brut, luttant, sans cesse et sans
art, avec ses vices et ses vertus, contre ses
passions et celles des autres, contre la fortune et les éléments. Malgré ses défauts, par
lesquels il serait injuste de la désigner, je
voudrais rendre toute cette classe d'hommes
intéressante. D'ailleurs, il n'y a point de caractère si dépravé, qu'il n'y ait quelques
bonnes qualités qui en compensent les vices.
Souvent, sous les plus grossiers, comme
l'ivrognerie, le jurement, les marins cachent
d'excellentes qualités. Il s'en trouve d'intré-
pides, de généreux, qui, sans balancer, se
jettent à la mer pour porter du secours au
malheureux prêt à périr; d'autres sont remarquables par quelque industrie particulière. Il y en a qui ont beaucoup d'imagina-
tion, et qui, pendant la durée d'un quart de
six heures, racontent à leurs camarades rassemblés autour d'eux, des histoires merveil-
leuses, dont ils entrelacent les événements
avec autant d'art et d'intérêt que ceux des
Mille et une Nuits; d'autres, fort taciturnes,

écoutent toujours, ne s'expriment que par signes, et sont des jours entiers sans proférer un mot. La plupart intéressent par leurs infortunes, leurs naufrages; d'autres par les malheurs de leurs familles; tous par leur manière de voir, par leur religion, leurs opinions des sciences, de la guerre, de la cour et du gouvernement des pays qu'ils ont vus, ou par les combats où ils se sont trouvés, ou par leurs amours, si différentes de celles des bergers. Mais si, au lieu de se borner à étudier leurs mœurs, on s'occupait du soin de les adoucir, on trouverait des amis parmi eux; car ils sont très-reconnaissants. Je crois qu'un voyageur, en se mettant comme observateur de la société avec les compagnons de son voyage, bannirait, pour lui-même et pour ses lecteurs, la monotonie des voyages de long cours. Mais nous sommes si accoutumés à mépriser ce qui est au-dessous de nous, que je puis dire que dans un voyage de quatre mois et demi, où l'on ne voyait que le ciel et l'eau, il n'y avait pas la moitié de nos simples matelots dont les noms fussent connus des passagers, et même de leurs officiers, et que quand quelqu'un d'eux venait pour quelque service dans la chambre, ou sur l'arrière, nous y faisions moins d'attention que si c'eût été un chat ou un chien : tant l'homme pauvre et misérable est rendu étranger à l'homme, son semblable, par nos institutions ambitieuses !

Je reprends le fil de mon journal.

AVRIL, 1768.

Le 1er, nous vîmes des requins, et on en prit un, avec une bonite. Je compte réunir mes observations sur les poissons à la fin du journal de ce mois.

Le 2, nous eûmes du calme mêlé d'orage. Nous sommes sur les limites des vents généraux du pôle austral. L'après-midi, nous essuyâmes un grain qui nous fit amener toutes nos voiles.

Nous approchons de la Ligne. Il y a trèspeu de crépuscule le soir et le matin.

Le 3, nous prîmes des bonites et un requin. Nous étions constamment entourés de la même troupe de thons.

Le 4, nous eûmes un ciel orageux. Nous

entendîmes le tonnerre, et nous essuyâmes
un grain.

On jeta à la mer un matelot mort du scorbut; plusieurs autres en sont affectés : cette
maladie, qui se manifeste de si bonne heure,
répand la terreur dans l'équipage. Nous prîmes des bonites et des requins.

Du 5 et du 6. Hier, à trois heures de nuit,
il fit un orage épouvantable qui nous obligea
de tout amener, hors la misaine. Je remar-
quai constamment que le lever de la lune
dissipe les nuages d'une manière sensible.
Deux heures après qu'elle est sur l'horizon,
le ciel est parfaitement net. Nous eûmes, ces
deux jours, du calme mêlé de grains pluvieux.

Le 7, nous prîmes des bonites. Je vis couper, avec des ciseaux, du verre dans l'eau,
avec une grande facilité, effet dont j'ignore
la cause.

Le 8 et le 9, on prit un requin, des sucets
et deux thons. Quoique près de la Ligne, la
chaleur ne me parut pas insupportable ; l'air
est rafraîchi par les orages.

Le 10, on annonça le baptême de la Ligne,

dont nous étions à un degré. Un matelot, déguisé en masque, vint demander au capi- taine à faire observer l'usage ancien. Ce sont des fêtes imaginées pour dissiper la mélanco- lie des équipages. Nos matelots sont fort tris- tes, le scorbut gagne insensiblement, et nous ne sommes pas au tiers du voyage.

Le 11, on fit la cérémonie du baptême. On rangea les principaux passagers le long d'un cordon, les pouces attachés avec un ruban. On leur versa quelques gouttes d'eau sur la tête. On donna ensuite quelque argent aux pilotes.

Le vent fut contraire, le ciel et la mer belle.

Le 12, nous ne passâmes point encore la Ligne. Les courants portaient au nord. On cessa de voir l'étoile polaire. Nous vîmes un vaisseau à l'est.

Le 13, nous passâmes la Ligne. La mer pa- raissait, la nuit, remplie de grands phospho- res lumineux. On purifiait l'entrepont tous les dimanches; on montait en haut les coffres et les hamacs de l'équipage, ensuite on brû- lait du goudron. On s'aperçut que le tiers des

barriques d'eau était vide, quoiqu'on ne fût
pas au tiers du voyage.

Les 14, 15 et 16, les vents varièrent. Il fit
de grandes chaleurs. On roidit les haubans et
les cordages. Nous fûmes toujours environnés
de bonites, de thons, de marsouins et de
bonnets-flamands. Nous vîmes un très-grand
requin. Calme mêlé d'orage.

Les 17, 18 et 19, les calmes continuèrent avec la chaleur. Le goudron fondait de
toutes les manœuvres. L'ennui et l'impatience
croissent sur le vaisseau. On en a vu rester
un mois en calme sous la Ligne.

Je vis une baleine allant vers l'ouest.

Les 20, 21 et 22, continuation de calme
et d'ennui. Le vaisseau était entouré de requins. Nous en vîmes un attaché à un pail-
lasson, dans un large banc d'écume, courant
de l'est à l'ouest : il était vivant; sans doute
quelque vaisseau venait de passer là. Nous
prîmes des thons, des bonites, cinq ou six
requins, et un marsouin dont la tête était
fort pointue. Les matelots disent que le marsouin présage le vent; en effet, à minuit il
s'est levé. Nous revîmes des galères.

Du 23. Nous entrons enfin dans les vents généraux du sud-est, qui doivent nous conduire au delà de l'autre tropique. On prit des bonites et des thons. Comme on tirait de l'eau un de ces poissons, un requin le prit par la queue et fit casser la ligne. Nous vîmes une frégate, oiseau noir et gris approchant de la forme de la cigogne : son vol est très-élevé.

Le 24 et le 25, nous eûmes des grains qui firent varier le vent. Vers le soir, la lune parut entourée d'un grand cercle sans couleurs.

Nous prîmes des bonites et des thons.

Le 26, nous vîmes des frégates, des poissons-volants, des thons, des bonites, et un oiseau blanc qu'on dit être un fou. Le soir, ayant toutes nos voiles dehors, nous fûmes chargés d'un grain violent qui nous mit sur le côté pendant quelques minutes. Notre vaisseau porte fort mal la voile, et il ne fait guère plus de deux lieues par heure, avec le vent le plus favorable.

Le 27, grosse mer et grand frais mêlé de grains pluvieux. Nous vîmes les mêmes poissons, et un alcyon, hirondelle de mer, que

les Anglais appellent *l'oiseau de la tempête.* Je consacrerai un article de mon journal aux oiseaux marins.

Le 28, nous eûmes grand frais et des
grains mêlés de pluie. On porta six canons de
l'arrière dans la cale de l'avant, afin que le
vaisseau étant plus chargé sur le devant,
gouvernât mieux. Nous éprouvâmes des temps
orageux, qui sont rares dans ces parages. Vu
les mêmes thons.

Le 29, beau temps mêlé de quelques grains.
Nous vîmes des frégates, et un oiseau blanc
avec les ailes marquées de gris. Au soleil cou-
chant, nous vîmes un vaisseau sous le vent,
faisant même route que nous.

Le 30, bon frais, belle mer : l'air n'est
plus si chaud. Nous vîmes le vaisseau de la
veille un peu au vent ; il avait forcé de voiles :
nous fîmes la même manœuvre. Il mit pavillon anglais ; nous mîmes le nôtre. Nous prîmes des thons, et nous vîmes des poissons-
volants.

OBSERVATIONS SUR LA MER ET LES POISSONS.

Il n'y a guère de vue plus triste que celle de la pleine mer. On s'impatiente bientôt d'être toujours au centre d'un cercle dont on n'atteint jamais la circonférence. Elle offre cependant des scènes intéressantes : je ne parle pas seulement des tempêtes ; pendant le calme, et sur-tout la nuit dans les climats chauds, on est surpris de la voir étincelante. J'ai pris, dans un verre, de ces points lumineux dont elle est remplie ; je les ai vus se mouvoir avec beaucoup de vivacité. On prétend que c'est du frai de poisson. On en voit quelquefois des amas semblables à des lunes. La nuit, lorsque le vaisseau fait route, et qu'il est environné de poissons qui le suivent, la mer paraît comme un vaste feu d'artifice tout brillant de serpenteaux et d'étincelles d'argent.

Je vous laisse méditer sur la quantité prodigieuse d'êtres vivants dont cet élément est la patrie. Je me borne à quelques observations sur différentes espèces de poissons que nous avons rencontrés en pleine mer.

Le bonnet-flamand, que les anciens appelaient, je crois, *poumon marin,* est une espèce d'animal formé d'une substance glaireuse : il ressemble assez à un champignon. Son chapiteau a un mouvement de contraction et de dilatation par le moyen duquel il avance fort lentement. Je ne lui connais aucune propriété. Cet animal est si commun, que nous en avons trouvé la mer couverte pendant plusieurs journées. Il varie beaucoup pour la grosseur et la couleur, mais la forme est la même. On en trouve de fort gros, en été, sur les côtes de Normandie.

La galère est de la même substance, mais cet animal paraît doué de plus d'intelligence et de malignité. Son corps est une espèce de vessie ovale, surmontée, dans sa longueur, d'une crête ou voile qui est toujours hors de la mer, dans la direction du vent. Quand le flot le renverse, il se relève fort vite, et présente toujours au vent la partie la plus ronde de son corps. J'en ai vu beaucoup à-la-fois rangées, comme une flotte, dans la même direction. Peut-être construirait-on quelque voilure sur ce mécanisme, au moyen de la-

quelle une barque avancerait dans le vent
contraire. De la partie inférieure de la galère
pendent plusieurs longs filets bleus, dont
elle saisit ceux qui croient la prendre. Ces
filets brûlent sur-le-champ comme le plus
violent caustique. J'ai vu un jour un jeune
matelot qui, s'étant mis à la nage pour en
prendre une, en eut les bras tout brûlés, et,
de frayeur, pensa se noyer. La galère a de
belles couleurs pendant qu'elle est en vie. J'en
ai vu de bleu céleste et de couleur de rose. Le
bonnet-flamand se trouve dans nos mers, et
la galère en approchant des tropiques.

Dans le parage des Açores, j'ai vu une espèce de coquillage flottant et vivant dans l'é-
cume de la mer, de la forme du fer d'une flèche ou d'un bec d'oiseau : il est petit, trans-
parent, et très-aisé à rompre ; c'est peut-être
celui qu'on trouve dans l'ambre gris.

A cette même latitude, nous trouvâmes
des limaçons bleus, flottants à la surface de
l'eau, au moyen de quelques vessies pleines
d'air : leur coque était fort mince et très-fragile ; ils étaient remplis d'une liqueur d'un
beau bleu purpurin. Ce n'est pas cependant

5

le coquillage appelé pourpre par les anciens.

Une espèce de coquillage beaucoup plus
commun, est celui qui s'attache à la carène
même du vaisseau, au moyen d'un ligament
qu'il raccourcit dans le mauvais temps. Il est
blanc, de la forme d'une amande, et composé de quatre pièces. Il met dehors plusieurs
filaments qui ont un mouvement régulier. Il
se multiplie en si grande quantité, que la
course du vaisseau en est sensiblement ré-
tardée.

Le poisson-volant est fort commun entre
les deux tropiques; il est de la grosseur d'un
hareng; il vole en troupe et d'un seul jet
aussi loin qu'une perdrix; il est poursuivi
dans la mer par les poissons, et dans l'air
par les oiseaux. Sa destinée paraît fort malheureuse de retrouver dans l'air le danger
qu'il a évité dans l'eau; mais tout est compensé, car souvent aussi il échappe comme
poisson aux oiseaux, et comme oiseau aux
poissons. C'est dans les orages qu'on le voit
devancer les frégates et les thons qui font
après lui des sauts prodigieux.

L'encornet est une petite sèche qui fait à-peu-près la même manœuvre. Elle a, de plus, la faculté d'obscurcir l'eau en y versant une encre fort noire. Peut-être aussi ne nage-t-elle pas si bien. Elle est de la forme d'un cornet. Ces deux espèces de poissons tombent souvent à bord des vaisseaux. Ils sont bons à manger.

Le thon de la pleine mer m'a paru différer, pour le goût, de celui de la Méditerranée. Il est fort sec, et n'a de graisse qu'à l'orbite de l'œil. Il a peu d'intestins, sa chair paraît à l'étroit dans sa peau. Huit muscles, quatre grands et quatre petits, forment son corps, dont la coupe transversale ressemble à celle de plusieurs arbres sciés. On le pêche au lever et au coucher du soleil, parce qu'alors l'ombre des flots lui déguise mieux l'hameçon, qui est figuré en poisson-volant.

Cette flotte de thons nous accompagne depuis six semaines. Il est facile de les reconnaître. Il y en a un, entre autres, qui a une plaie rouge sur le dos pour avoir été harponné il y a quinze jours. Sa course n'en est pas retardée.

Le poisson peut-il vivre sans dormir, et l'eau marine serait-elle favorable aux plaies ? J'ai lu, quelque part, que M. Chirac guérit M. le duc d'Orléans d'une blessure au poignet, en le lui faisant mettre dans des eaux de Balaruc.

La chair du thon est saine, mais elle altère. On m'assura qu'il était dangereux d'user du thon de ces parages, qui a été salé. J'en vis l'expérience sur un matelot qui s'y exposa. Sa peau devint rouge comme l'écarlate, et il eut une fièvre de vingt-quatre heures.

Nous prenons aussi, avec les thons, beaucoup de bonites. C'est une sorte de maquereau, dont quelques-uns approchent de la grosseur des thons. Je leur ai trouvé, à-la-fois, de la laite et des œufs, et dans la chair de plusieurs, des vers vivants de la grosseur d'un grain d'avoine. Ce poisson n'en paraissait pas incommodé.

La grande-oreille est une espèce de bonite.

Les requins se trouvent en grande quantité aux environs de la Ligne. Dès qu'il fait calme, le vaisseau en est entouré. Ce pois-

son nage lentement et sans bruit. Il est de-
vancé par plusieurs petits poissons appelés
pilotins, bariolés de noir et de jaune. S'il
tombe quelque chose à la mer, en un clin
d'œil ils viennent le reconnaître, et retour-
nent au requin qui s'approche de sa proie, se
tourne et l'engloutit. Si c'est un oiseau, il
n'y touche point : mais lorsque la faim le
presse, il avale jusqu'à des clous.

Le requin est le tigre de la mer. J'en ai vu
de plus de dix pieds de longueur. La nature
lui a donné une vue très-faible. Il nage fort
lentement par la forme arrondie de sa tête,
ce qui, joint à la position de sa gueule qui
l'oblige de se tourner sur le dos pour avaler,
préserve la plupart des poissons de sa vora-
cité. Il n'a ni os, ni arêtes, mais des carti-
lages, ainsi que tous les poissons de mer vo-
races, comme le chien de mer, la raie, le
polype, qui, comme lui, voient mal, sont
mauvais nageurs, et ont la gueule placée en
bas; il sont, de plus, vivipares. Ainsi leur
gloutonnerie a été compensée dans leur vitesse, leur vue, leur forme et leur génération.

Les mâchoires du requin sont armées de

5*

cinq ou six rangs de dents en haut et en
bas. Elles sont plates, tranchantes sur les
côtés, aiguës et taillées comme des lancettes.
Il n'en a que deux rangs perpendiculaires; les
autres sont couchées et disposées de manière
qu'elles remplacent, par un mécanisme admirable, celles qu'il est souvent exposé à
rompre. On l'amorce avec une pièce de
chair embrochée d'un croc de fer. Avant de
le tirer de l'eau on lui passe à la queue un
nœud coulant, et lorsqu'il est sur le pont
et qu'il s'efforce d'estropier les matelots, on
la lui coupe à coups de hache. Cette queue
n'a qu'un aileron taillé comme une faux. Les
Chinois en font cas comme d'un remède
aphrodisiaque. Au reste, la pêche de ce
poisson n'est d'aucune utilité. J'ai goûté de
sa chair qui a un goût de raie, avec une
forte odeur d'urine. On dit qu'elle est fié-
vreuse. Les marins ne pêchent ce poisson
que pour le mutiler. On lui crève les yeux,
on l'éventre, on en attache plusieurs par la
queue et on les rejette à la mer, spectacle
digne d'un matelot. Le requin est si vivace
que j'en ai vu remuer long-temps après qu'on

leur avait coupé la tête. Cependant j'en ai vu
noyer fort vite, en les plongeant plusieurs
fois lorsqu'ils sont accrochés à l'hameçon.

On trouve presque toujours sur le requin
un poisson appelé sucet. Il est gros comme
un hareng. Il a sur la tête une surface ovale
un peu concave avec laquelle il s'attache en
formant le vide, au moyen de dix-neuf lames
qui y sont disposées comme les tringles d'une
jalousie. J'en ai mis de vivants sur un verre
uni, d'où je ne pouvais les arracher. Ce poisson a cela de très-singulier qu'il nage le
ventre et les ouïes en l'air. Sa peau est gre-
nelée, et sa gueule armée de plusieurs rangs
de petites dents. Nous avons plusieurs fois
mangé des sucets, et nous leur avons trouvé
le goût d'artichauts frits.

Outre le pilotin et le sucet, le requin nourrit encore sur sa peau un insecte de la forme
d'un demi-pois, avec un bec fort alongé.
C'est une espèce de pou.

Le marsouin est un poisson fort connu. J'en
ai vu une espèce dont le museau était fort
pointu. Les matelots l'appellent *la flèche de
la mer*, à cause de sa vitesse. J'en ai vu cara-

coler autour du vaisseau, tandis qu'il faisait deux lieues à l'heure. On darde cet animal, qui souffle lorsqu'il est pris, et semble se plaindre; c'est une mauvaise pêche; sa chair est noire, dure, lourde et huileuse.

J'ai vu aussi une dorade, le plus léger, dit-on, des poissons. On prétend, mais à tort, que c'est le dauphin des anciens, dont Pline nous a donné une ample description : quoi qu'il en soit, nous n'éprouvâmes point son amitié pour les hommes. Nous vîmes, à une grande profondeur, briller ses ailerons dorés et son dos du plus bel azur.

Quelquefois nous avons vu, à une demi-lieue, des baleines lancer leur jet d'eau. Elles sont plus petites que celles du nord. Elles me paraissaient, de loin, comme une chaloupe renversée.

Telles sont les espèces de poissons que j'ai vus jusqu'à présent. On voit des requins dans le calme; ordinairement les dorades les suivent; les marsouins paraissent quand le vent fraîchit. Pour les thons, nous les avons depuis six semaines. Si ce détail vous a ennuyé, songez quels doivent être mes plaisirs. Il n'en est point pour l'homme sur un élément étranger dont aucun des habitants n'a de relation avec lui.

MAI, 1768.

Du 1er. Au lever du soleil, un vaisseau se trouva dans nos eaux, et nous ayant gagnés insensiblement, vers les dix heures du matin il était par notre travers. Nous remarquâmes que toutes ses voiles étaient fort vieilles, et qu'il avait fait branle-bas, c'est-à-dire, que les coffres et les lits de l'équipage étaient sur son pont. Il nous questionna en anglais : *Bonjour ; comment s'appelle le vaisseau? D'où vient-il? Où va-t-il?* Nous lui répondîmes et l'interrogeâmes dans la même langue. Il venait de Londres, d'où il était parti il y avait soixante-quatre jours ; il allait en Chine. Le vent nous empêcha d'en entendre davantage. Il était percé à vingt-quatre canons, et paraissait du port de cinq cents tonneaux. Il nous souhaita bon voyage, et continua sa route.

Vu des frégates, thons et bonites.

Les 2 et 3, nous vîmes encore le vaisseau anglais. Les thons, qui nous accompagnaient depuis si long-temps, nous abandonnèrent et le suivirent. Nous eûmes des grains violents de l'ouest. Ces variations viennent, à mon avis, du voisinage de la baie de Tous-les-Saints. J'estime que les courants et la dérive nous ont portés plus près que nous ne croyions de l'Amérique.

Les 4 et 5, le vent fut violent et variable. Nous vîmes un fouquet, oiseau gris et noir, des frégates et des fous qui plongeaient pour attraper du poisson.

Les 6 et 7, bon frais et belle mer. La nuit dernière nous eûmes des grains violents. Nous vîmes des frégates prenant, le soir, leur route au nord-est.

Du 8 et du 9. Hier, le vent fut très-violent, la mer grosse. On amena les perroquets et les petites voiles. On prit un ris dans les huniers. Ce matin, pendant le déjeuner, nous fûmes chargés d'un grain très-violent avec toutes les voiles dehors. Le vaisseau se coucha et l'eau entra dans les sabords. Vers le soir, le temps se calma, ce qui arrive d'ordinaire lorsque le soleil se trouve dans la partie opposée au vent. Nous vîmes une quantité considérable de goëlettes blanches et de fouquets, signes du voisinage de la terre, d'où viennent ces orages.

Les 10, 11 et 12, bon frais et belle mer. Vu des fouquets ou taille-vents, des goëlettes et des bonites.

Le 13, il fit calme. On calfeutra la chaloupe. A neuf heures du soir, étant en conversation avec le capitaine dans la galerie, je vis tout l'horizon éclairé d'un feu très-lumineux, courant de l'est au nord, et répandant des étincelles rouges. Pendant le jour, les nuages étaient arrêtés, et représentaient une terre du côté du sud.

Le 14, nous eûmes des grains violents et un peu de tonnerre. Ici finissent communément les vents de sud-est, qui, quelquefois, vont jusqu'au 28e degré de latitude. Nous attendons les vents d'ouest, avec lesquels on double le cap de Bonne-Espérance.

Nous vîmes des fauchets ou taille-vents.

Les 15 et 16, grosse mer et grains pluvieux. Nous vîmes les mêmes oiseaux.

Les 17, 18 et 19, le temps fut beau, quoique
mêlé de brume. Nous distinguons une lame
venant de l'ouest, qui présage ordinairement que le vent doit en venir. Nous vîmes,
hier au soir, un second météore lumineux,
et, dans l'après-midi, une baleine au sud-
ouest, à une lieue et demie. On prétendit,
le matin, avoir vu un oiseau de mer appelé mouton-du-Cap. Cet oiseau se trouve
dans les parages du cap de Bonne-Espérance.

Les 20 et 21, temps pluvieux, vent variable. L'air est froid. Nous vîmes une baleine
à portée de pistolet. On prétendit avoir vu des
damiers, oiseaux voisins du Cap. Nous vîmes
des taille-vents.

Les 22 et 23, vent froid et violent. Grosse
mer. Le vent déchira les huniers lorsqu'on y
voulait prendre des ris. On en mit de neufs,
ce qui nous tint plus de trois heures sous nos
grandes voiles. Je vis distinctement des damiers et quantité de taille-mers.

Le 24, nous vîmes une envergure, autre
oiseau marin. Grosse mer, bourrasques fréquentes mêlées de pluie. On prétend que ces

orages viennent du voisinage de l'île de Tristan-da-Cunha.

Le 25, je vis un mouton-du-Cap. Les vents
tournèrent à l'ouest, mais furent toujours
orageux.

Le 26, vent violent. Vers le soir, un grain
nous surprit avec toutes nos voiles dehors.
Le vaisseau ne put arriver, il vint au vent et
fut coiffé. Vous ne sauriez imaginer notre désordre. Enfin, on manœuvra si heureusement, qu'on échappa de ce danger, où il
pouvait nous en coûter, au moins, nos mâts.
Nous vîmes les mêmes oiseaux. Nos pauvres
matelots sont bien fatigués : après un orage,
on ne leur donne aucun rafraîchissement.

Les 27 et 28, les vents furent variables et
froids. La carène du vaisseau est couverte
d'une herbe verte, qui n'a gardé sa couleur
que du côté exposé au soleil.

Les 29 et 30, temps frais mêlé de grains
violents. Nous prîmes des ris dans les huniers.

Nous vîmes les mêmes oiseaux, des alcyons et des marsouins. Ils étaient petits,
marbrés de brun sur le dos, et de blanc sous
le ventre.

6

Le 31, les vents tournèrent à l'ouest. On s'estime à deux cents lieues du Cap, et par notre point à trois cents. Nous vîmes les mêmes oiseaux.

OBSERVATIONS SUR LE CIEL, LES VENTS ET LES OISEAUX.

Les étoiles m'ont paru plus lumineuses dans la partie australe que dans la partie septentrionale. On distingue, outre la croix-du-sud, les magellans, qui sont deux nuages blancs, formés d'un amas de petites étoiles. On aperçoit, à côté, deux espaces plus sombres qu'aucune des autres parties du ciel.

Le crépuscule diminue en approchant de la Ligne, en sorte que la nuit est presque entièrement séparée du jour. On explique assez bien comment le crépuscule augmente avec la réfraction des rayons vers les pôles. Dans ces régions, à peine habitées, la lumière est mêlée avec les ténèbres, sur-tout dans les aurores boréales, qui sont d'autant plus grandes, que le soleil est moins élevé sur l'horizon. Quel inconvénient y eût-il eu, que la

nuit, entre les deux tropiques, eût eu aussi
quelque portion du jour? La nuit semble
faite pour les noirs de l'Afrique, qui atten-
dent la fin de leurs jours brûlants pour danser
et se réjouir : c'est dans ce temps que les
bêtes sauvages de ces contrées viennent se
rafraîchir dans les rivières, et que les tortues
montent au rivage pour y faire leur ponte.
Ne serait-ce point que les rayons du soleil,
quoique réfractés, donnent une chaleur sensible? Ainsi de longs crépuscules eussent
rendu la zone torride inhabitable. Au reste
les nuits, dans ces climats, sont plus belles
que les jours. La lune dissipe, à son lever,
les vapeurs dont le ciel est couvert. J'ai réi-
téré tant de fois cette observation, que je me
range en cela de l'avis des marins, qui disent
que *la lune mange les nuages.* D'ailleurs,
peut-on rejeter l'influence de la lune sur
notre atmosphère, lorsqu'on lui en suppose
une si grande sur l'Océan?

En deçà de la Ligne, on trouve les vents du
nord-est ou alizés, et au delà les vents de
sud-est ou généraux. Ces vents paraissent
produits par l'air dilaté par le soleil, et réflé-

chi par les pôles. Les vents de sud-est s'é-
tendent plus loin que les vents de nord-est,
comme vous le pourrez voir dans le journal
des vents. On les trouve ordinairement aux
3e et 4e degrés de latitude nord. Aussi le
pôle sud est-il plus froid que le pôle nord ;
ce qui vient, peut-être, de ce que le soleil
est plus long-temps dans la partie septentrionale. Les navigateurs qui ont tâché d'aborder
aux Terres australes, ont découvert des
glaces au 45e degré sud.

Ces vents portent continuellement en Amérique les vapeurs que le soleil élève sur la
mer Atlantique. Celles de la mer du Sud servent à féconder une partie de l'Asie et de
l'Afrique. En général, les vents sont plus
forts le jour que la nuit.

Sans les nuages, il n'y aurait point de rivières; mais ils ne servent pas moins à la
magnificence du ciel qu'à la fécondité de la
terre.

J'ai admiré souvent le lever et le coucher
du soleil. C'est un spectacle qu'il n'est pas
moins difficile de décrire que de peindre.
Figurez-vous, à l'horizon, une belle couleur

orange qui se nuance de vert, et vient se
perdre au zénith dans une teinte lilas, tandis
que le reste du ciel est d'un magnifique azur.
Les nuages, qui flottent çà et là, sont d'un
beau gris de perle. Quelquefois ils se dispo-
sent en longues bandes cramoisies, de couleur ponceau et écarlate; toutes ces teintes
sont vives, tranchées, et relevées de franges
d'or.

Un soir les nuages se disposèrent vers
l'occident, sous la forme d'un vaste réseau,
semblable à de la soie blanche. Lorsque le
soleil vint à passer derrière, chaque maille
du réseau parut relevée d'un filet d'or. L'or
se changea ensuite en couleur de feu et en
ponceau, et le fond du ciel se colora de
teintes légères, de pourpre, de vert et de
bleu céleste.

Souvent il se forme au ciel des paysages
d'une variété singulière, où se rencontrent
les formes les plus bizarres. On y voit des
promontoires, des rochers escarpés, des
tours, des hameaux. La lumière y fait suc-
céder toutes les couleurs du prisme. C'est
peut-être à la richesse de ces couleurs qu'il

6*

faut attribuer la beauté des oiseaux de l'Inde
et des coquillages de ces mers. Mais, pourquoi les oiseaux marins de ces contrées ne
sont-ils pas plus beaux que les nôtres ? Je
réserverai l'examen de ce problème à quelqu'autre article. Je vais vous décrire ceux
que j'ai vus voler autour du vaisseau, avec
les noms que leur donnent les gens de mer.
Vous jugez bien que cette description ne
peut guère être juste.

En partant de France, nous vîmes plusieurs espèces d'oiseaux, que les marins
confondent sous le nom général de mauves
et de goëlands.

L'oiseau le plus commun, et que nous
avons rencontré dans tous les parages, est
une espèce d'hirondelle ou d'alcyon, que les
Anglais nomment *l'oiseau de la tempête*.
Il est d'un brun noirâtre, vole à fleur d'eau,
et suit, dans les gros temps, le sillage du
vaisseau. Il y a apparence qu'il est déterminé
à suivre alors les navires, afin de trouver un
abri contre la violence du vent. C'est par la
même raison qu'il vole entre les lames en
rasant l'eau.

A la hauteur du cap Finistère, nous vîmes des manches-de-velours, dont les ailes sont bordées de noir ; ils sont de la grosseur d'un canard, et volent à la surface de la mer en battant des ailes ; ils ne s'éloignent guère de terre, où ils se retirent tous les soirs.

Nous vîmes les premières frégates par les deux degrés et demi de latitude nord. On présuma qu'elles venaient de l'île de l'Ascension, située par les huit degrés de latitude sud. Elles ressemblent, pour la forme et la grosseur, à la cigogne ; elles sont noires et blanches ; elles ont des ailes très-étendues, de longues jambes et un long cou. Les mâles ont, sous le bec, une peau enflée, ronde comme une boule, et rouge comme l'écarlate. C'est le plus léger de tous les oiseaux marins ; jamais il ne se repose sur l'eau. On en rencontre à plus de trois cents lieues de terre, où on assure qu'elles vont reposer tous les soirs. Elles s'élèvent fort haut. J'en ai vu souvent tourner autour dn vaisseau, s'éloigner à perte de vue, et se rapprocher dans l'espace de quelques secondes.

Le fou est un peu plus gros, mais plus rac-courci; il est blanc mêlé de gris; il pêche le poisson en plongeant. La pointe de son bec est recourbée, et les côtés en sont bordés de petites pointes qui lui aident à saisir sa proie. La frégate lui fait la guerre. Celui-là a de meilleurs instruments; mais celle-ci plus de légèreté et de finesse. Lorsque le fou a rempli son jabot de poisson, elle l'attaque et lui fait rendre sa pêche, qu'elle reçoit en l'air.

Nous vîmes le premier fou vers le treizième degré de latitude sud.

A-peu-près à cette hauteur, nous aperçûmes, pour la première fois, l'oiseau que les marins appellent fauchet, fouquet, taille-vent, taille-mer ou cordonnier. C'est un oiseau qui, dans son vol, semble faucher la surface de l'eau.

Les goëlettes, que l'on trouve en grandes troupes, dénotent les hauts-fonds et le voisinage des côtes : elles sont blanches, et de loin ressemblent, pour le vol et la forme, à des pigeons.

L'envergure est un oiseau un peu plus gros que les fauchets, de la taille d'un fort canard ; il est blanc sous le ventre, d'un gris brun sur les ailes et le dos : il tire son nom de la grande étendue de ses ailes ou de son envergure.

Les damiers ne se trouvent qu'aux approches du cap de Bonne-Espérance ; ils sont gros comme des pigeons, ont la tête et la queue noires, le ventre blanc, le dos et les ailes marqués régulièrement de noir et de blanc comme les cases d'un jeu de dames.

Après les damiers, nous vîmes le mouton-du-Cap. C'est un oiseau plus gros qu'une oie, au bec couleur de chair, aux ailes très-étendues, mêlées de gris et de blanc. On ne le trouve guère qu'à la latitude du cap de Bonne-Espérance. J'ai vu tous ces oiseaux se reposer sur l'eau, excepté la frégate et l'envergure. Leur vue peut servir à indiquer les parages où l'on se trouve, lorsqu'on a été plusieurs jours sans prendre hauteur, ou lorsque les courants ont fait dériver en longitude. Il serait à souhaiter que les marins expérimentés donnassent là-dessus leurs observations. Il y a des espèces qui ne s'éloignent point de terre , où elles vont reposer tous les soirs. Des goë-

lettes blanches, vues en pleine mer, désigne-
raient quelque terre ou récif inconnu, dans
le voisinage ; mais les manches-de-velours
en seraient une preuve infaillible.

Il y a aussi quelques espèces de glaïeuls,
ou algues flottantes, auxquelles on doit faire
attention. Ces différents indices peuvent sup-
pléer au moyen qui nous manque de déterminer les longitudes. On observe la variation matin et soir ; mais ce moyen n'est point sûr. On
ne voit pas tous les jours le soleil se lever et
se coucher. D'ailleurs la variation, qui est,
comme vous savez, la déclinaison de l'aiguille,
varie d'une année à l'autre, sous le même
méridien. La propriété qu'elle a de s'incliner
vers la terre par sa partie aimantée, pourrait
être d'une plus grande utilité. C'est ce que
l'expérience fera connaître.

JUIN, 1768.

Le 1ᵉʳ, les vents d'ouest s'étant enfin dé-
clarés, nous nous flattâmes de doubler bientôt le Cap.

Le 2, on prit des précautions pour ce pas-

sage. On amena les vergues de perroquet et
la corne d'artimon. On mit de nouveaux cordages à la roue du gouvernail ; quelques-uns
furent ajoutés aux haubans pour assurer les
mâts. On mit quatre grandes voiles neuves.
On lia fortement les chaloupes et tout ce qui
pouvait prendre quelque mouvement sur le
vaisseau. On attacha deux haches à l'arrière,
en cas qu'il fallût couper le mât d'artimon.
Le vent fut très-frais. Nous vîmes quelques
oiseaux, mais les frégates avaient disparu.

Des 3, 4 et 5. Tous ces jours, le vent fut
très-frais, excepté hier matin où il calma un
peu. On vit tous ces jours-ci une quantité prodigieuse de goëlettes, de moutons et de damiers. Nous vîmes du goëmon du Cap. Il
ressemble à ces longues trompes de bergers.
Les matelots font, de ses tiges creuses, des
espèces de trompettes. La mer était couverte
de brume, autre indice du voisinage du Cap.
Les maladies augmentent. Nous avons quinze
scorbutiques hors de service.

Le 6, le vent était très-frais. Nous vîmes
beaucoup de moutons et peu de goëlettes.

Le 7, à midi, un oiseau de la grosseur

d'une oie, aux ailes courtes, d'une couleur
tannée et brune, à la tête de la forme d'une
poule, à la queue courte et formant le trèfle,
a plané long-temps au-dessus de nos mâts.
Par tous les points nous devrions trouver ici
le Cap. Vu les mêmes oiseaux.

Le 8, vent violent suivi de calme.

Le 9, les maladies et l'ennui augmentent
sur le vaisseau. On jeta à la mer un contre-
maître mort scorbutique.

Les 10 et 11, calme mêlé de coups de
vent, grosse mer. C'est un indice des approches du banc des Aiguilles. Vu un vaisseau
sous le vent, faisant route au nord-ouest. Vu
les mêmes oiseaux.

Le 12, comme la mer paraissait verdâtre,
on sonda, mais sans trouver fond. Vent très-
frais et grosse mer. Nos inquiétudes augmentent sur notre distance du Cap.

Le 13, enfin on trouva la sonde à quatre-
vingt-quinze brasses : fond vaseux et verdâtre. Ce fut une grande joie. Cette profondeur
nous prouva que nous étions dérivés à l'ouest.
Vu deux vaisseaux, l'un de l'arrière, l'autre
par notre bossoir de tribord. La sonde assure

notre position, mais nous a fait connaître
que nous errions de plus de deux cents lieues
par nos journaux.

Le 14, on sonda encore, et nous trouvâmes, à quatre-vingts brasses, un fond de
sable et de vase verte. Il fit calme. Vu les
mêmes vaisseaux et les mêmes oiseaux.

Le 15, vent frais. Le vaisseau de l'arrière
mit pavillon anglais, et nous dépassa bientôt
d'une lieue et demie sous le vent. Celui de
l'avant mit pavillon français, et comme il était
sous le vent, il cargua ses basses voiles pour
nous joindre en tenant le plus près. Notre capitaine ne jugea pas à propos d'arriver. Nous
reconnûmes ce vaisseau pour *la Digue*, flûte
du roi, partie un mois avant nous. Vers le
soir, elle appareilla toutes ses voiles, et se
mit dans nos eaux.

Le 16, nous vîmes *la Digue* deux lieues
de l'avant, qui, à son tour, refusa de nous
parler. Il y a apparence qu'elle a relâché au
Cap. Les oiseaux deviennent rares; bon vent,
belle mer.

Le 17, il fit calme. On vit des souffleurs
et des dorades. La lune se coucha à huit heu-

res, elle était fort rouge. Le 18, au matin, nous essuyâmes un coup de vent de l'arrière, qui nous obligea de rester jusqu'à onze heures du soir sous la misaine. Il s'élevait de l'extrémité des flots une poudre blanche comme la poussière que le vent balaye sur les chemins. A sept heures du soir, nous reçûmes un coup de mer par les fenêtres de la grande chambre. A huit heures, il tomba de la grêle. Le temps s'est mis au beau vers minuit. On ne voit plus que quelques damiers et taille-vents.

Les 19, 20 et 21 : bon frais, grosse mer. Un poisson-volant de plus d'un pied de long, sauta à bord.

Le 22, vent très-frais et mer houleuse. Les anciens prétendaient, à tort, que les temps des solstices étaient des temps de calme. J'ai lu, cette après-midi, un article du voyageur Dampier, qui observe que lorsque le soleil disparaît vers les trois heures après midi, et se cache derrière une bande de nuages fort élevés et fort épais, c'est signe d'une grande tempête. En montant sur le pont, je vis au ciel tous les signes décrits par Dampier.

Le 23, à minuit et demi, un coup de mer affreux enfonça quatre fenêtres des cinq de la grande chambre, quoique leurs volets fussent fermés par des croix de Saint-André. Le vaisseau fit un mouvement de l'arrière, comme s'il s'acculait. Au bruit, j'ouvris ma chambre, qui, dans l'instant, fut pleine d'eau et de meubles qui flottaient. L'eau sortait par la porte de la grande chambre comme par l'écluse d'un moulin ; il en était entré plus de trente barriques. On appela les charpentiers, on apporta de la lumière, et on se hâta de clouer d'autres sabords aux fenêtres. Nous fuyions alors sous la misaine ; le vent et la mer étaient épouvantables.

A peine ce désordre venait d'être réparé, qu'un grand caisson qui servait de table, plein de sel et de bouteilles de vin de Champagne, rompit ses attaches. Le roulis du vaisseau le faisait aller et venir comme un dé. Ce coffre énorme pesait plusieurs milliers, et menaçait de nous écraser dans nos chambres. Enfin il s'entr'ouvrit, et les bouteilles qui en sortaient, roulaient et se brisaient avec un désordre inexprimable. Les charpentiers revinrent une seconde fois, et le remirent en place après bien du travail.

Comme le roulis m'empêchait de dormir, je m'étais jeté sur mon lit en bottes et en robe de chambre : mon chien paraissait saisi d'un effroi extraordinaire. Pendant que je m'amusais à calmer cet animal, je vis un éclair par un faux jour de mon sabord, et j'entendis le bruit du tonnerre. Il pouvait être trois heures et demie. Un instant après, un second coup de tonnerre éclata, et mon chien se mit à tressaillir et à hurler. Enfin un troisième éclair, suivi d'un troisième coup, succéda presque aussitôt, et j'entendis crier sous le gaillard que quelque vaisseau se trouvait en danger ; en effet, ce bruit fut semblable à un coup de canon tiré près de nous, il ne roula point. Comme je sentais une forte odeur de soufre, je montai sur le pont, où j'éprouvai d'abord un froid très-vif. Il y régnait un grand silence, et la nuit était si obscure que je ne pouvais rien distinguer. Cependant ayant entrevu quelqu'un près de moi, je lui demandai ce qu'il y avait de nouveau. On me répondit : « On vient de porter

»l'officier de quart dans sa chambre; il est
»évanoui, ainsi que le premier pilote. Le
»tonnerre est tombé sur le vaisseau, et notre
»grand mât est brisé. » Je distinguai, en effet, la vergue du grand hunier tombée sur
les barres de la grande hune. Il ne paraissait,
au-dessus, ni mât ni manœuvre. Tout l'équipage était retiré dans la chambre du conseil.

On fit une ronde sous le gaillard. Le tonnerre
avait descendu jusque-là le long du mât. Une
femme qui venait d'accoucher, avait vu un
globe de feu au pied de son lit. Cependant on
ne trouva aucune trace d'incendie; tout le
monde attendit, avec impatience, la fin de
la nuit.

Au point du jour, je remontai sur le pont.
On voyait au ciel quelques nuages blancs,
d'autres cuivrés. Le vent venait de l'ouest,
où l'horizon paraissait d'un rouge ardent,
comme si le soleil eût voulu se lever dans
cette partie; le côté de l'est était tout noir.
La mer formait des lames monstrueuses, semblables à des montagnes pointues formées
de plusieurs étages de collines. De leur sommet s'élevaient de grands jets d'écume qui se

7*

coloraient de la couleur de l'arc-en-ciel. Elles
étaient si élevées, que du gaillard d'arrière
elles nous paraissaient plus hautes que les
hunes. Le vent faisait tant de bruit dans les
cordages, qu'il était impossible de s'entendre. Nous fuyions vent arrière sous la misaine. Un tronçon du mât de hune pendait
au bout du grand mât, qui était éclaté en
huits endroits jusqu'au niveau du gaillard;
cinq des cercles de fer dont il était lié, étaient
fondus; les passavants étaient couverts des
débris des mâts de hune et de perroquet. Au
lever du soleil, le vent redoubla avec une fureur inexprimable : notre vaisseau ne pouvant plus obéir à son gouvernail, vint en travers. Alors la misaine ayant fasié, son écoute
rompit; ses secousses étaient si violentes,
qu'on crut qu'elle amènerait le mât à bas.
Dans l'instant, le gaillard d'avant se trouva
comme engagé; les vagues brisaient sur le
bossoir de bâbord, en sorte qu'on n'apercevait plus le beaupré. Des nuages d'écume
nous inondaient jusque sous la dunette. Le
navire ne gouvernait plus; et étant tout-à-
fait en travers à la lame, à chaque roulis il

prenait l'eau sous le vent jusqu'au pied du grand mât, et se relevait avec la plus grande difficulté.

Dans ce moment de péril, le capitaine cria aux timonniers d'arriver ; mais le vaisseau, sans mouvement, ne sentait plus sa barre. Il ordonna aux matelots de carguer la misaine, que le vent emportait par lambeaux ; ces malheureux, effrayés, se réfugièrent sous le gaillard d'arrière. J'en vis pleurer un, d'autres se jetèrent à genoux en priant Dieu. Je m'avançai sur le passavant de bâbord en me cramponnant aux manœuvres ; un jacobin, aumônier du vaisseau, me suivit, et le sieur Sir-André, passager, vint après. Plusieurs gens de l'équipage nous imitèrent, et nous vînmes à bout de carguer cette voile, dont plus de la moitié était emportée. On voulut border le petit foc pour arriver, mais il fut déchiré comme une feuille de papier.

Nous restâmes donc à sec, en roulant d'une manière effroyable. Une fois ayant lâché les manœuvres où je me retenais, je glissai jusqu'au pied du grand mât, où j'eus de l'eau jusqu'aux genoux. Enfin, après Dieu, notre

salut vint de la solidité du vaisseau, et de ce
qu'il était à trois ponts, sans quoi il se fût
engagé. Notre situation dura jusqu'au soir,
que la tempête s'apaisa. Une partie de nos
meubles fut bouleversée et brisée ; plus d'une
fois je me trouvai les pieds perpendiculaires
sur la cloison de ma chambre.

Tel fut le tribut que nous payâmes au canal
de Mozambique, dont le passage est plus re-
douté des marins que celui du cap de Bonne-
Espérance. Les officiers assurèrent qu'ils n'a-
vaient jamais vu une aussi grosse mer. Toutes
les parties hautes du vaisseau en étaient si
ébranlées, que, dans les jointures des pilas-
tres de la chambre, j'introduisais des os entiers de mouton, qui y étaient écrasés par le
jeu de la charpente.

Le 24, à quatre heures du matin, il fit
calme. La mer était encore fort grosse. On
travailla, tout le jour, à amener la grande
vergue, et à préparer deux jumelles pour
fortifier le grand mât. L'effet du tonnerre est
inexplicable. Le grand mât est éclaté en zigzag. Depuis les barres de hune jusqu'à cinq
pieds au-dessous, du côté de l'avant, il y a

un éclat ; cinq pieds au-dessous, du côté de l'arrière, il y a un autre éclat ; ainsi de suite jusqu'au niveau du gaillard. Il y a alternativement un espace brisé et un plein, de manière que le plein d'un côté, répond au brisé de l'autre. Dans ces éclats, je n'ai remarqué aucune odeur, ni noirceur : le bois a conservé sa couleur naturelle.

Nous vîmes quelques moutons-du-Cap. Le gros temps fit périr le reste de nos bestiaux, et doubla le nombre de nos malades scorbutiques.

Le 25, on s'occupa à lier et à saisir les deux jumelles autour du mât. C'étaient des pièces de bois de quarante-cinq pieds de longueur, un peu creusées en gouttière pour s'adapter sur la circonférence du mât. Chacun mit la main à l'œuvre, à cause de la faiblesse de l'équipage. Une baleine passa près de nous à portée de pistolet ; elle n'était guère plus longue que la chaloupe.

Le 26, petit temps. On chanta le *Te Deum,* suivant l'usage, pour remercier Dieu d'avoir passé le Cap et le canal de Mozambique. On s'occupa, tout le jour, à réparer le grand mât.

Le 27, nous vînmes à bout de lui faire porter sa grande voile. On jeta à la mer un homme mort du scorbut. On compte vingt et un malades hors de service.

Le 28, le beau temps continua. Nous vîmes quelques fauchets; les damiers et les moutons-du-Cap ont disparu.

Le 29, un enfant, né depuis huit jours, mourut scorbutique. On compte aujourd'hui vingt-huit matelots sur les cadres. On a pris, pour faire le quart, tous les domestiques du vaisseau, et les passagers qui ne sont pas de la grande chambre.

Vers le soir, nous vîmes des marsouins.

Le 30, l'inquiétude augmente par la triste situation de l'équipage.

Nous avons trouvé ici la fin des vents d'ouest. Nous tenons une haute latitude, afin de profiter des vents de sud-est, qui sont constants dans cette partie. Nous tâchons d'arriver au vent de l'île Rodrigue, afin d'atteindre plus sûrement l'Ile-de-France.

OBSERVATIONS QUI PEUVENT ÊTRE UTILES A LA POLICE DES VAISSEAUX.

Il m'a paru qu'il n'y avait pas assez de subordination parmi les officiers de la Compagnie. Les supérieurs craignent le crédit de leurs inférieurs. Comme la plupart de ces places s'obtiennent par faveur, je ne crois pas que l'autorité puisse être établie parmi eux d'une manière raisonnable. Ce mal donc me paraît sans remède, en ce qu'il tient à nos mœurs.

Aucun vaisseau ne devrait tenir la mer plus de trois mois sans relâcher : ces longues traversées coûtent beaucoup d'hommes. Les matelots n'ont point assez d'eau dans les chaleurs ; souvent ils sont réduits à une demi-pinte par jour. Ne serait-il pas possible de diviser l'endroit du vaisseau où se place le lest, en citernes de plomb remplies d'eau douce ? Peut-être trouverait-on un mastic ou cire dont on enduirait les barriques, ce qui préserverait l'eau de corruption : elle est sou-

vent d'une infection insupportable , et remplie
de vers.

Quant à la machine à dessaler l'eau de
mer , les marins la croient peu salutaire.
D'ailleurs , il faut embarquer beaucoup de
charbon de terre , qui tient beaucoup de
place , qui est sujet à s'enflammer de lui-
même ; et on a l'inconvénient dangereux
d'entretenir un fourneau allumé nuit et jour.

Les matelots sont très-mal nourris. Leur
biscuit est plein de vers. Le bœuf salé , au
bout de quelque temps , devient une nourriture désagréable et malsaine. Ne pourrait-
on pas cuire des viandes et les conserver
dans des graisses ? On en prépare ainsi pour la
chambre , qui se conservent autant que le
bœuf salé.

Les matelots, à terre, dans un port, dé-
pensent quelquefois en une semaine ce qu'ils
ont gagné dans un an. Ne pourrait-on pas
avancer à chacun d'eux les habillements con-
venables, et les obliger de les conserver par
des revues fréquentes faites par l'écrivain et
l'officier de quart ? Il y a beaucoup d'autres
réglements de propreté sur lesquels les offi-

ciers devraient veiller. La plupart de ces malheureux ont besoin d'être toujours en tutelle.

J'ai observé que le bois se pourrit toujours dans l'eau à sa ligne de flottaison. On peut faire cette observation sur les pieux qui sont dans les rivières, et sur tous les bois exposés à être alternativement mouillés et séchés. C'est là que se nichent les vers et que germent la plupart des herbes aquatiques. Cet endroit est si favorable à la végétation, que les filets verts, dont notre vaisseau est entouré, se sont attachés seulement aux anneaux de fer des chaînes du gouvernail, qui sont à fleur d'eau, sans qu'il y en ait au-dessus ni au-dessous. Je crois qu'il serait utile de border de feuilles de cuivre toute la circonférence des vaisseaux sur une largeur de trois pieds. Quant aux pointes de fer et de cuivre qui terminent les mâts et les vergues, l'expérience prouve qu'elles attirent le tonnerre.

JUILLET, 1768.

Le 1er, les vents furent favorables. Nous vîmes encore des damiers et des fauchets. Le scorbut fait des ravages affreux. On compte trente-six malades hors de service.

Le 2, bon frais, belle mer.

Le 3, beau temps, la mer un peu grosse. On voit encore des damiers. Ce soir, un charpentier mourut du scorbut. On compte aujourd'hui quarante scorbutiques. Ce mal fait des progrès à vue d'œil. On l'attribue aux exhalaisons qui sortent de la cale remplie de mâts qui ont long-temps séjourné dans la vase.

Le 4, le temps fut beau; nous vîmes quantité de damiers.

Le 5, on vit les mêmes oiseaux et une baleine qu'on crut avoir été harponnée, par des plaies d'un rouge vif qu'on apercevait sur sa peau. Vu des damiers. Petit temps, mais favorable.

Les 6 et 7, le scorbut nous gagne tous.

Nous avons quarante-cinq hommes sur les cadres : le reste de l'équipage est très-affaibli.

Le 8, on vit quelques taille-vents. Nous eûmes beau ciel et belle mer. Tout le monde est d'une tristesse mortelle.

Le 9, un matelot, du nombre de ceux qui font le quart, est mort subitement. Nous avons tous, aujourd'hui, éprouvé des faiblesses; quelques-uns, des vertiges et des maux de cœur. Cependant nous sommes à plus de cent lieues, au vent, de terre connue. On prétend avoir vu un paille-en-cu.

Le 10, on comptait soixante scorbutiques sur les cadres. Hier, on en administra sept.

Je vis un paille-en-cu. C'est un oiseau d'un blanc satiné, avec deux belles plumes fort longues qui lui servent de queue. On ne voit plus d'autres oiseaux marins. On prétend que ceux-ci leur font la guerre. La vue de cet oiseau dénote le voisinage de la terre. Beau temps.

Le 11, vent favorable. Nous avons, aujourd'hui, soixante - dix scorbutiques forcés de garder le lit. Si nous restons encore huit jours à la mer, nous périssons infailliblemeɪt. On a jeté à l'eau un jeune homme de dix-sept ans.

Le 12 , beau temps, belle mer. Il n'y a plus que trois matelots de chaque quart. Les passagers et les officiers aident à la manœuvre. Nous vîmes des paille-en-cus.

Le 13, on vit la terre à huit heures et demie du matin. Nous sommes si accablés, que cette nouvelle n'a réjoui personne. Nous avons quatre-vingts hommes sur les cadres. On mit en travers pour louvoyer toute la nuit; car il était impossible d'arriver, le même jour, au mouillage.

Le 14, en approchant de terre, beaucoup de personnes se trouvèrent mal. Je me sentais un dégoût universel; je suais abondamment. Nous mîmes notre pavillon en berne, et nous tirâmes par intervalles des coups de canon, pour appeler du secours; mais le pilote seul vint à bord. Il nous parla des troubles entre les chefs de l'île, dont il imaginait que nous étions fort occupés; d'un autre côté, plusieurs d'entre nous croyaient que les querelles et les misères de notre vaisseau intéresseraient beaucoup les habitants.

Nous laissâmes d'abord à droite, l'île Ronde et l'île aux Serpents, deux îlots inhabités; ensuite nous passâmes à une petite portée de canon du Coin de Mire, autre îlot que nous laissâmes à gauche. Nous prîmes un peu du large, en approchant de l'Ile-de-France, à cause des bas-fonds de la Pointe aux canonniers. Nous entrâmes, à une heure et demie d'après midi, dans le port. Deux heures après, je mis pied à terre, en remerciant Dieu de m'avoir délivré des dangers et de l'ennui d'une si triste navigation.

Nous avons tenu la mer, sans relâcher, quatre mois et douze jours. Suivant mon journal, nous avons fait environ trois mille huit cents lieues marines, ou quatre mille sept cents lieues communes. Nous avons perdu onze personnes, y compris les trois hommes enlevés d'un coup de mer, et un malade qui mourut en débarquant.

OBSERVATIONS SUR LE SCORBUT.

Le scorbut est occasioné par la mauvaise qualité de l'air et des aliments. Les officiers, qui sont mieux nourris et mieux logés que les matelots, sont les derniers attaqués de cette maladie qui s'étend jusqu'aux animaux. Mon chien en fut très-incommodé. Il n'y a point d'autre remède que l'air de la terre et l'usage des végétaux frais. Il y a quelques palliatifs qui peuvent modérer le progrès de ce mal, comme l'usage du riz, des liqueurs acides, du café, et l'abstinence de tout ce qui est salé. On attribue de grandes vertus à l'usage de la tortue : mais c'est un préjugé, comme tant d'autres que les marins adoptent si légèrement. Au cap de Bonne-Espérance, où il n'y a point de tortues, les scorbutiques guérissent au moins aussi promptement que dans l'hôpital de l'Ile-de-France, où on les traite avec les bouillons de cet animal. A notre arrivée, presque tout le monde fit usage de ce remède ; je ne m'en servis point, parce que je n'en avais pas à ma disposition ; je fus le premier guéri : je n'avais usé que des végétaux frais.

Le scorbut commence par une lassitude universelle : on désire le repos ; l'esprit est chagrin ; on est dégoûté de tout ; on souffre le jour; on ne sent de soulagement que la nuit; il se manifeste ensuite par des taches rouges aux jambes et à la poitrine, et par des ulcères sanglants aux gencives. Souvent il n'y a point de symptômes extérieurs; mais, s'il survient la plus légère blessure, elle devient incurable, tant qu'on est sur mer, et elle fait des progrès très-rapides. J'avais eu une légère blessure au bout du doigt; en trois semaines la plaie l'avait dépouillé tout entier, et s'étendait déjà sur la main, malgré tous les remèdes qu'on y put faire. Quelques jours après mon arrivée, elle se guérit d'elle-même. Avant de débarquer les malades, on eut soin de les laisser un jour entier dans le vaisseau, respirer peu-à-peu l'air de la terre. Malgré ces précautions, il en coûta la vie à un homme qui ne put supporter cette révolution.

Je ne saurais vous dépeindre le triste état dans lequel nous sommes arrivés. Figurez-vous ce grand mât foudroyé, ce vaisseau avec son pavillon en berne, tirant du canon toutes les minutes, quelques matelots semblables à des spectres assis sur le pont, nos écoutilles ouvertes d'où s'exhalait une vapeur infecte,

les entreponts pleins de mourants, les gaillards couverts de malades qu'on exposait au
soleil, et qui mouraient en nous parlant. Je
n'oublierai jamais un jeune homme de dix-
huit ans à qui j'avais promis la veille un peu
de limonade. Je le cherchais sur le pont parmi
les autres; on me le montra sur la planche;
il était mort pendant la nuit.

LETTRE V.

OBSERVATIONS NAUTIQUES.

Avant d'entrer dans aucun détail sur l'Ile-de-France, je joindrai à mon journal les observations des marins les plus expérimentés sur la route que nous venons de faire.

Quelque réguliers que soient les vents alizés et généraux, ils sont sujets à varier le long des côtes et aux environs des îles.

Il s'élève une brise ou vent de terre, presque toutes les nuits, le long des grands continents. L'action de ce vent opposé au vent du large, amasse les nuages sous la forme d'une longue bande fixe, que les vaisseaux qui abordent aperçoivent presque toujours avant la terre.

Les attérages sont bien souvent orageux, sur-tout dans le voisinage des îles. Les vents y varient aussi. Aux Canaries, les vents du sud et du sud-ouest soufflent quelquefois huit jours de suite.

On trouve les vents alizés vers le 28e degré de latitude nord; mais on les perd souvent long-temps avant d'être à la Ligne. Il résulte des observations d'un habile marin, qui a comparé plus de deux cent cinquante journaux de navigation, que les vents alizés cessent,

En janvier,　　　　　entre le 6e et 4e degré de lat. nord.

En février,　　　　　entre le 5e et 3e degré.

En mars et avril,　　entre le 5e et 2e degré.

En mai,　　　　　　entre le 6e et 4e degré.

En juin,　　　　　　au 10e degré.

En juillet,　　　　　au 12e degré.

En août et septembre, entre le 14e degré et le 13e.

Ils se rapprochent de la Ligne en octobre, novembre et décembre.

Entre les vents alizés et les vents généraux, qui sont les alizés de la partie du sud, on trouve des vents variables et orageux. Les généraux règnent sur une plus grande étendue que les alizés. On fixe leurs limites au 28ᵉ degré de latitude sud. Au delà, les vents sont plus variables que dans les mers de l'Europe; plus on s'élève en latitude, plus ils sont violents; ils soufflent, pour l'ordinaire, du nord au nord-ouest, et du nord-ouest à l'ouest-sud-ouest; quand ils viennent au sud, le calme succède.

En approchant du cap de Bonne-Espérance, on trouve souvent des vents de sud-est et est-sud-est. C'est une maxime générale de se tenir toujours au vent du lieu où l'on veut arriver; il faut cependant se garder de tenir le plus près, la dérive est trop grande; il faut tâcher de couper la Ligne le plus est que l'on peut; autrement, on risque de s'affaler sur la côte du Brésil.

Si l'on est forcé de relâcher, on trouvera quelques rafraîchissements aux îles du Cap-Vert; les vivres sont chers au Brésil, et l'air y est malsain. On peut pêcher de la tortue à l'île de Tristan-da-Cunha; on y fait de l'eau très-difficilement, à cause des arbres qui croissent dans la mer. Le cap de Bonne-Espérance est, de toutes les relâches, la meil-

leure. Il est dangereux d'y mouiller depuis
avril jusqu'en septembre ; cependant l'an-
crage est sûr à Falsebaye qui n'en est pas
loin. Si on manquait l'Ile-de-France, on peut
relâcher à Madagascar, au fort Dauphin, à
la baie d'Antongil ; mais il y a des maladies
épidémiques très-dangereuses , et des coups
de vent qui durent depuis octobre jusqu'en
mai.

Si c'est au retour , on a Sainte-Hélène,
colonie anglaise, et l'Ascension où l'on ne
trouve que de la tortue. En temps de guerre,
ces deux îles sont ordinairement des points
de croisière, parce que tous les vaisseaux
cherchent, à leur retour, à les reconnaître
pour assurer leur route ; mais le Cap est, en
tout temps, le point de réunion de tous les
vaisseaux.

Les cartes les plus estimées sont celles de
M. Daprès ; les marins ont aussi beaucoup
d'obligation au savant et modeste abbé de La
Caille : mais la géographie est encore bien
imparfaite ; la longitude des Canaries et celle
des îles du Cap-Vert est mal déterminée ;
entre le Cap-Blanc et le Cap-Vert, la carte

marque trente-neuf lieues d'enfoncement, quoiqu'il y en ait à peine vingt.

On soupçonne un haut-fond au sud de la Ligne par les 20 minutes de latitude, et par les 23 degrés 10 minutes de longitude occidentale. Le vaisseau *le Silhouette* commandé par M. Pintault, et la frégate *la Fidèle* commandée par M. Lehoux, y éprouvèrent, l'un le 5 février 1764, et l'autre le 3 avril suivant, une forte secousse.

Les courants peuvent jeter dans des erreurs dangereuses. Il me semble qu'on ne pourra recueillir là-dessus aucune connaissance certaine, tant qu'on n'aura aucun moyen sûr d'évaluer la dérive d'un vaisseau ; l'angle même qu'il forme avec son sillage ne pourrait donner rien d'assuré, puisque le vaisseau et sa trace sont emportés par le même mouvement. On ne saurait trop admirer la hardiesse des premiers navigateurs qui, sans expérience et sans carte, faisaient les mêmes voyages. Aujourd'hui, avec plus de connaissances, on est moins hardi : la navigation est devenue une routine ; on part dans les mêmes temps, on passe aux mêmes endroits, on fait les mêmes

manœuvres. Il serait à souhaiter que l'on ris-
quât quelques vaisseaux pour la sûreté des
autres.

Il est étrange que nous ne connaissions pas
encore notre maison ; cependant nous brûlons
tous, en Europe, de remplir l'univers de
notre renommée : théologiens, guerriers,
gens de lettres, artistes, monarques, mettent
là leur suprême félicité.

Commençons donc par rompre les entraves
que nous a données la nature. Sans doute
nous trouverons quelque langue qui puisse
être universelle ; et quand nous aurons bien
établi la communication avec tous les peuples
de la terre, nous leur ferons lire nos histoires,
et ils verront combien nous sommes heureux.

LETTRE VI.

ASPECT ET GÉOGRAPHIE DE L'ILE-DE-FRANCE.

L'ILE-DE-FRANCE fut découverte par un Portugais de la maison de Mascarenhas, qui la nomma l'île Cerné. Ensuite elle fut possédée par les Hollandais, qui lui donnèrent le nom de Maurice. Ils l'abandonnèrent en 1712, peut-être à cause du cap de Bonne-Espérance où ils s'établissaient. Les Français, qui occupaient l'île de Bourbon qui n'est qu'à quarante lieues de l'Ile-de-France, vinrent s'y établir.

Il y a deux ports dans cette île ; l'un au sud-est, et l'autre au nord-ouest. Le premier, appelé le grand port, est celui où les Hollandais s'étaient fixés ; il offre encore quelques restes de leurs édifices. On y entre vent arrière, mais on en sort difficilement, les vents étant presque toujours au sud-est.

Le second s'appelle le petit port ou le Port-Louis. On y entre et on en sort de vent largue. Sa latitude est de 20 degrés 10 minutes sud, et sa longitude du méridien de Paris 55 degrés. C'est là le chef-lieu, situé dans l'endroit le plus désagréable de l'île. La ville, appelée aussi le camp, et qui ne ressemble guère qu'à un bourg, est bâtie au fond du port, à l'ouverture d'un vallon qui peut avoir trois quarts de lieue de profondeur sur quatre cents toises de large. Ce vallon est formé en cul-de-sac par une chaîne de hautes montagnes hérissées de rochers sans arbres et sans buissons. Les flancs de ces montagnes sont couverts pendant six mois de l'année d'une herbe brûlée, ce qui rend tout ce paysage noir comme une charbonnière. Le couronnement des mornes qui forment ce triste vallon, est brisé. La partie la plus élevée se trouve à son extrémité, et se termine par un rocher isolé qu'on appelle le Pouce. Cette partie contient encore quelques arbres : il en sort un ruisseau qui traverse la ville, et dont l'eau n'est pas bonne à boire.

Quant à la ville ou camp, elle est formée

de maisons de bois qui n'ont qu'un rez-de-chaussée. Chaque maison est isolée, et entourée de palissades. Les rues sont assez bien alignées ; mais elles ne sont ni pavées, ni plantées d'arbres. Par-tout, le sol est couvert et hérissé de rochers, de sorte qu'on ne peut faire un pas sans risquer de se casser le cou. Elle n'a ni enceinte ni fortification. Il y a seulement sur la gauche, en regardant la mer, un mauvais retranchement en pierre sèche, qui prend depuis la montagne jusqu'au port. De ce même côté est le fort Blanc, qui en défend l'entrée ; de l'autre côté, vis-à-vis, est une batterie sur l'île aux Tonneliers.

Suivant les mesures de l'abbé de La Caille, l'Ile-de-France a 90,668 toises de circuit ; son plus grand diamètre a 31,890 toises du nord au sud, et 22,124 est et ouest. Sa surface est de 432,680 arpents, à 100 perches l'arpent, et à 20 pieds la perche.

La partie du nord-ouest de l'île est sensiblement unie, et celle du sud-est toute couverte de chaînes de montagnes de 300 à 350 toises de hauteur. La plus haute de toutes a 424 toises, et est à l'embouchure de la Rivière-

9*

Noire. La plus remarquable, appelée Pieter-Booth, est de 420 toises ; elle est terminée par un obélisque surmonté d'un gros rocher cubique sur lequel personne n'a jamais pu monter. De loin, cette pyramide et ce chapiteau ressemblent à la statue d'une femme.

L'île est arrosée de plus de soixante ruisseaux, dont quelques-uns n'ont point d'eau dans la saison sèche, sur-tout depuis qu'on a abattu beaucoup de bois. L'intérieur de l'île est rempli d'étangs, et il y pleut presque toute l'année, parce que les nuages s'arrêtent au sommet des montagnes et aux forêts dont elles sont couvertes.

Je ne puis vous donner de connaissance plus étendue d'un pays où j'arrive. Je compte passer quelques jours à la campagne, et je tâcherai de vous décrire ce qui concerne le sol de cette île avant de vous parler de ses habitants.

Au Port-Louis, ce 6 août 1768.

~~~~~~

LETTRE VII.

DU SOL ET DES PRODUCTIONS NATURELLES DE L'ILE-DE-FRANCE. HERBES ET ARBRISSEAUX.

Tour ici diffère de l'Europe, jusqu'à l'herbe du pays. A commencer par le sol, il est presque par-tout d'une couleur rougeâtre. Il est mêlé de mine de fer qui se trouve souvent à la surface de la terre en forme de grains de la grosseur d'un pois. Dans les sécheresses, la terre est extrêmement dure, sur-tout aux environs de la ville. Elle ressemble à de la glaise, et pour y faire des tranchées, je l'ai vu couper, comme du plomb, avec des haches. Lorsqu'il pleut, elle devient gluante et tenace. Cependant, jusqu'ici, on n'a pu parvenir à en faire de bonnes briques.

Il n'y a point de véritable sable. Celui qu'on trouve sur le bord de la mer, est formé des débris de madrépores et de coquilles. Il se calcine au feu.

La terre est couverte par-tout de rochers depuis la grosseur du poing jusqu'à celle d'un tonneau. Ils sont remplis de trous au fond desquels on remarque un enfoncement de la forme d'une lentille. Beaucoup de ces rochers sont formés de couches concentriques en forme de rognons. On en trouve de grandes masses réunies ensemble. D'autres sont brisés, et paraissent s'être rejoints. L'île est, en quelque sorte, pavée de ces rochers. Les montagnes en sont formées par grands bancs dont les couches sont obliques à l'horizon, quoique parallèles entre elles. Elles sont de couleur gris-de-fer, se vitrifient au feu, et, contiennent beaucoup de mine de fer. J'ai vu à la fonte sortir de quelques éclats, des grains d'un très-beau cuivre, et du plomb, mais en fort petite quantité. C'était à un feu de forge. Les essais de ce genre ne sont pas encourageants : le minéral paraît trop divisé. Dans les fragments de ces pierres on trouve de petites cavités cristallisées, dont quelques-unes renferment un duvet blanc et très-fin.

Je connais trois espèces d'herbes , ou *gra-men*, naturelles au pays.

Le long du rivage de la mer , on trouve une espèce de gazon croissant par couches épaisses et élastiques. Sa feuille est très-fine, et si pointue qu'elle pique à travers les habits; les bestiaux n'en veulent point.

Dans la partie la plus chaude de l'île , les pâturages sont formés d'une espèce de chien-dent qui trace beaucoup, et pousse de petits rameaux de ses articulations. Cette herbe est fort dure ; elle plaît assez aux bœufs, quand elle n'est pas sèche.

La meilleure herbe vient dans les endroits frais et au vent de l'île. C'est un gramen à larges feuilles, qui est vert et tendre toute l'année.

Les autres espèces d'herbes et d'arbris-seaux connus, sont :

Une herbe qui donne pour fruit une gousse remplie d'une espèce de soie dont on pour-rait tirer parti.

Une espèce d'asperge épineuse qui s'élève à plus de douze pieds, en s'accrochant aux arbres à la manière des ronces. On ignore si elle est bonne à manger.

Une espèce de mauve à petites feuilles. Elle croît dans les cours, et le long des chemins. On y trouve aussi une espèce de petit chardon à fleurs jaunes, dont les graines font mourir la volaille.

Une plante semblable au lis, qui porte de longues feuilles. Elle croît dans les marais, et porte une fleur odorante.

Sur les murs et au bord des chemins, on trouve des touffes d'une plante dont la fleur est semblable à celle de la giroflée rouge simple. Son odeur est mauvaise. Elle a cela de singulier qu'il ne fleurit à chaque branche qu'une fleur à-la-fois.

Au bas des montagnes voisines de la ville, croît un basilic vivace, dont l'odeur tient de celle du girofle. Sa tige est ligneuse. C'est un bon vulnéraire.

Les raquettes, dont on fait des haies très-dangereuses, portent une fleur jaune marbrée de rouge. Cette plante est hérissée d'épines fort aiguës, qui croissent sur les feuilles et les fruits. Ces feuilles sont épaisses; on ne fait point usage des fruits, dont le goût est acide.

Le veloutier croît sur le sable, le long de la mer. Ses branches sont garnies d'un duvet semblable au velours; ses feuilles sont semées de poils brillants; il porte des grappes de fleurs. Cet arbrisseau exhale dans l'éloignement une odeur agréable, qui se perd lorsqu'on en approche, et de très-près est rebutante.

Il y a une espèce de plante, moitié ronce, moitié arbrisseau, qui produit, dans des coques hérissées de pointes, une sorte de noix fort lisse et fort dure, de couleur gris-de-perle, et de la grosseur d'une balle de fusil. Son amande est fort amère; les noirs s'en servent contre les maladies vénériennes.

Il croît en quantité, dans les défrichés, une espèce d'arbrisseau à grandes feuilles de la forme d'un cœur. Son odeur est assez douce, et tient de celle du baume, dont il porte le nom. Je ne le connais propre à aucun usage; on l'emploie cependant dans les bains.

Une autre plante, au moins aussi inutile,

est la fausse patate, qui serpente le long de la mer. Elle trace comme le liseron ; ses fleurs sont rouges et en cloche ; elle se plaît sur le sable.

Sur les lisières des bois, on trouve une herbe ligneuse appelée herbe à panier. On a essayé d'en faire du fil et de la toile, qui ne sont pas mauvais. Ses feuilles sont petites ; prises en tisane, elles sont bonnes pour la poitrine.

Il y a une grande variété de plantes comprises sous le nom de lianes, dont quelques-unes sont de la grosseur de la cuisse. Elles s'attachent aux arbres, dont les troncs ressemblent à des mâts garnis de cordages ; elles les soutiennent contre la violence des ouragans. J'ai vu plus d'une preuve de leur force. Lorsqu'on fait des abatis dans les bois, on tranche environ deux cents arbres par le pied ; ils restent debout jusqu'à ce que les lianes qui les attachent soient coupées : alors une partie de la forêt tombe à-la-fois en faisant un fracas épouvantable. J'ai vu des cordes, faites de leur écorce, plus fortes que celles de chanvre.

Il y a plusieurs arbrisseaux dont les feuilles ressemblent à celles du buis.

Un arbrisseau spongieux et épineux, dont la fleur est d'un rouge foncé en houppe déchiquetée. Sa feuille est large et ronde. Les pêcheurs se servent de sa tige, qui est fort légère, au lieu de liége.

Un autre arbrisseau assez joli, appelé bois de demoiselle. Sa feuille est découpée comme celle du frêne, et ses branches sont garnies de petites graines rouges.

Avant d'aller plus loin, observez que je ne connais rien en botanique. Je vous décris les choses comme je les vois; et si vous vous en rapportez à mon sentiment, je vous dirai que tout ici me paraît bien inférieur à nos productions de l'Europe.

Il n'y a pas une fleur dans les prairies, * qui d'ailleurs sont parsemées de pierres, et remplies d'une herbe aussi dure que le chanvre. Nulle plante à fleur dont l'odeur soit agréable. De tous les arbrisseaux, aucun qui

* Voyez, à la fin de la seconde partie, les Entretiens sur la végétation.

10

vaille notre épine blanche. Les lianes n'ont
point l'agrément du chèvre-feuille ni du lierre.
Point de violette le long des bois. Quant aux
arbres, ce sont de grands troncs blanchâtres
et nus avec un petit bouquet de feuilles d'un
vert triste. Je vous les décrirai dans ma première lettre.

Au Port-Louis de l'Ile-de-France, ce 15 septembre 1768.

LETTRE VIII.

ARBRES ET PLANTES AQUATIQUES DE L'ILE-DE-FRANCE.

J'APERÇUS, il y a quelques jours, un grand arbre au milieu des rochers. Je m'en approchai, et l'ayant voulu entamer avec mon couteau, je fus surpris d'y enfoncer sans effort toute la lame. Sa substance était comme celle d'un navet, d'un goût assez désagréable. J'en goûtai; quoique je n'en eusse pas avalé, je me sentis pendant quelques heures la gorge enflammée. C'était comme des piqûres d'épingle. Cet arbre s'appelle *mapou*. Il passe pour un poison.

La plupart des arbres de ce pays tirent leur nom de la fantaisie des habitants.

Le bois de ronde, est un petit bois dur et tortu. Il jette en brûlant une flamme vive.

On s'en sert pour faire des flambeaux ; il passe pour incorruptible.

Le bois de cannelle, qui n'est pas le cannellier, est un des plus grands arbres de l'île. Son bois est le meilleur de tous pour la menuiserie. Il ressemble beaucoup au noyer par sa couleur et ses veines. Quand il est nouvellement employé, il a une odeur d'excrément ; elle lui est commune avec la fleur du cannellier. Voilà le seul rapport que j'y trouve. Sa graine est enveloppée d'une peau rouge d'un goût acide et assez agréable.

Le bois de natte, de deux espèces, à grande et à petite feuille. C'est le plus beau bois rouge du pays. On l'emploie en charpente.

Le bois d'olive, dont la feuille a quelque rapport à celle de l'olivier, sert aux constructions.

Le bois de pomme, est un bois rouge d'une médiocre qualité. Je crois que cet arbre produit un fruit appelé pomme de singe, d'une fadeur désagréable.

Le benjoin, parce qu'il *joint bien*, est le bois le plus liant du pays ; il sert au charronnage. Il devient fort gros ; il ne s'éclate jamais.

Le colophane, qui donne une résine semblable à la colophane, est un des plus grands arbres de l'île.

Le faux tatamaca, sert aussi aux constructions. Il est fort liant. Il devient très-gros. J'en ai vu de quinze pieds de circonférence. Il donne une gomme ou résine comme le tatamaque.

Le bois de lait, ainsi appelé de son suc, qui est laiteux.

Le bois puant, excellent pour la charpente. Il tire son nom de son odeur.

Le bois de fer, dont le tronc semble se confondre avec les racines. Il en sort des espèces de côtes ou ailerons semblables à des planches. Il fait rebrousser le fer des haches.

Le bois de fouge, est une grosse liane dont l'écorce est très-forte. Il donne un suc laiteux, estimé pour la guérison des blessures.

Le figuier, est un très-grand arbre, dont la feuille et le bois ne ressemblent point à notre figuier. Ses figues sont de la même forme, et viennent par grappes au bout des branches. Elles ne sont pas meilleures que les pommes de singe. Son suc est laiteux, et

10*

quand il est desséché, il produit la gomme appelée *élastique*.

Le bois d'ébène, dont l'écorce est blanche, la feuille large et cartonnée, blanche en dessous, et d'un vert sombre en dessus. Il n'y a que le centre de cet arbre de noir, son aubier est blanc. Dans un tronc de six pouces d'équarrissage, il n'y a souvent pas deux pouces de bois d'ébène. Ce bois, fraîchement employé, sent les excréments humains, et sa fleur a l'odeur du girofle. C'est le contraire dans le cannellier, dont la fleur sent très-mauvais, tandis que l'écorce et le bois exhalent une bonne odeur. L'ébène donne des fruits semblables à des nèfles, remplis d'un suc visqueux, sucré, et d'un goût assez agréable.

Il y a une espèce de bois d'ébène dont le blanc est veiné de noir.

Le citronnier, ne donne de fruit que dans les lieux frais et humides; ses citrons sont petits et pleins de suc.

L'oranger, croît aux mêmes endroits; ses fruits sont amers ou aigres. Il y a beaucoup de ces arbres aux environs du grand port. Je doute, cependant, que ces deux espèces soient naturelles à l'île. Quant aux oranges douces, elles sont très-rares dans les jardins.

On trouve, mais rarement, une espèce de bois de sandal. On m'en a donné un morceau; il est gris-blanc. Son odeur est faible.

Le vacoa, est une espèce de petit palmier dont les feuilles croissent en spirale autour du tronc. Il sert à faire des nattes et des sacs.

Le latanier, est un palmier plus grand : il produit à son sommet des feuilles en forme d'éventail; on les emploie à couvrir des maisons. Il n'en produit qu'une par an.

Le palmiste, s'élève dans les bois au-dessus de tous les arbres. Il porte à sa tête un bouquet de palmes, d'où sort une flèche, qui est la seule chose que ces bois produisent de bon à manger; encore faut-il abattre l'arbre. Cette tige, à laquelle on donne le nom de *chou*, est formée de jeunes feuilles roulées les unes sur les autres, fort tendres, et d'un goût agréable.

Le manglier, croît immédiatement dans la mer. Ses branches et ses racines serpentent sur le sable, et s'y entrelacent de telle sorte

qu'il est impossible d'y débarquer. Son bois
est rouge, et donne une mauvaise teinture.

J'ai remarqué que la plupart de ces bois
n'ont que des écorces fort minces, quelques-
uns même n'ont que des pellicules ; en quoi
ils diffèrent beaucoup de ceux du nord, que
la nature a préservés du froid en les couvrant
de plusieurs robes. La plupart ont leurs racines à fleur de terre, avec lesquelles ils sai-
sissent les rochers. Ils sont peu élevés, leurs
têtes sont peu garnies, ils sont fort pesants ;
ce qui, joint aux lianes dont ils sont attachés,
les met en état de résister aux ouragans, qui
auraient bientôt bouleversé les sapins et les
chênes.

Quant à leurs qualités utiles, aucun n'est
comparable au chêne pour la durée et la solidité, à l'orme pour le liant, au sapin pour
la légèreté du bois et la longueur de la tige,
au châtaignier pour l'utilité générale. Ils ont,
dans leur feuillage, le désagrément des arbres
qui conservent leurs feuilles toute l'année :
leurs feuilles sont dures, et d'un vert sombre.
Leur bois est lourd, cassant, et se pourrit aisément. Ceux qui peuvent servir à la menui-

serie, deviennent noirs à l'air, ce qui rend
les meubles que l'on en fait d'une teinte désagréable.

On trouve le long des ruisseaux, au milieu
des bois, des retraites d'une mélancolie profonde. Les eaux coulent au milieu des rochers, ici en tournoyant en silence, là en se
précipitant de leur cime avec un bruit sourd
et confus. Les bords de ces ravines sont couverts d'arbres, d'où pendent de grandes touffes de scolopendre, et des bouquets de liane,
qui retombent suspendus au bout de leurs
cordons. La terre aux environs est toute bos-
sue de grosses roches noires, où se tapissent
loin du soleil les mousses et les capillaires.
De vieux troncs renversés par le temps, gi-
sent couvert d'agarics monstrueux, ondoyés
de différentes couleurs. On y voit des fougères
d'une variété infinie : quelques-unes, comme
les feuilles détachées de leur tige, serpentent sur la pierre, et tirent leur substance
du roc même; d'autres s'élèvent comme un
arbrisseau de mousse, et ressemblent à un
panache de soie. L'espèce commune d'Europe y est une fois plus grande. Au lieu de

forêts de roseaux, qui bordent si agréable-
ment nos rivages, on ne trouve le long de
ces torrents que des songes, qui y croissent
en abondance. C'est une espèce de nymphæa
dont la feuille fort large est de la forme d'un
cœur; elle flotte sur l'eau sans en être mouil-
lée. Les gouttes de pluie s'y ramassent comme
des globules de vif-argent. Sa racine est un
ognon d'une nourriture malfaisante : on distingue le blanc et le noir.

Jamais ces lieux sauvages ne furent réjouis
par le chant des oiseaux, ou par les amours
de quelque animal paisible : quelquefois l'o-
reille y est blessée par le croassement du perroquet, ou par le cri aigu du singe malfai-
sant. Malgré le désordre du sol, ces rochers
seraient encore habitables, si l'Européen n'y
avait pas apporté plus de maux que n'y en a
mis la nature.

Au Port-Louis, ce 8 octobre 1768.

~~~~~~

LETTRE IX.

DES ANIMAUX NATURELS A L'ILE-DE-FRANCE.

L'ABBÉ de La Caille dit que les Portugais ont apporté les singes à l'Ile-de-France. Je ne suis pas de son avis; parce que, s'ils voulaient y faire un établissement, cet animal est destructeur; et s'ils voulaient le mettre dans l'île comme un gibier ordinaire, ils ignoraient s'il y avait des fruits qui pussent lui convenir; que d'ailleurs sa chair est d'un goût rebutant, et que bien des noirs même n'en veulent point manger. Cet animal ne peut avoir été apporté des côtes voisines. Celui de Madagascar, appelé maki, ne lui ressemble point, non plus que le bavian du cap de Bonne-Espérance.

Le singe de l'Ile-de-France est de taille médiocre; il est d'un poil gris roux, assez

bien fourré; il porte une longue queue. Cet
animal vit en société : j'en ai vu des troupes
de plus de soixante à-la-fois. Ils viennent souvent piller les habitations. Ils placent des sen-
tinelles au sommet des arbres et sur la pointe
des rochers. Lorsqu'ils aperçoivent des chiens
ou des chasseurs, ils jettent un cri, et tous
décampent.

Cet animal grimpe dans les montagnes les
plus inaccessibles. Il se repose au-dessus des
précipices, sur la plus légère corniche : il
est le seul quadrupède de sa taille qui ose s'y
exposer. Ainsi la nature, qui a peuplé de
végétaux jusqu'à la fente des rochers, a créé
des êtres capables d'en jouir.

Le rat paraît l'habitant naturel de l'île. Il
y en a un nombre prodigieux. On prétend
que les Hollandais abandonnèrent leur établissement à cause de cet animal. Il y a des
habitations où on en tue plus de trente mille
par an. Il fait en terre d'amples magasins de
grains et de fruits; il grimpe jusqu'au haut
des arbres, où il mange les petits oiseaux. Il
perce les solives les plus épaisses. On les voit,
au coucher du soleil, se répandre de tou-

côtés, et détruire dans quelques nuits une récolte entière. J'ai vu des champs de maïs où ils n'avaient pas laissé un épi. Ils ressemblent à nos rats d'Europe : peut-être y ont-ils été apportés par nos vaisseaux.

Les souris y sont fort communes : le dégât que font ces animaux est incroyable.

On prétend qu'il y avait autrefois beaucoup de flamants ; c'est un grand et bel oiseau marin, de couleur de rose. On dit qu'il en reste encore trois. Je n'en ai point vu.

On trouve beaucoup de corbigeaux. C'est, dit-on, le meilleur gibier de l'île : il est fort difficile à tirer.

Il y a des paille-en-cus de deux sortes ; l'une, d'un blanc argenté ; l'autre ayant le bec, les pattes et les pailles rouges. Quoique cet oiseau soit marin, il fait son nid dans les bois. Son nom ne convient pas à sa beauté. Les Anglais l'appellent plus convenablement *l'oiseau du tropique.*

J'y ai vu plusieurs espèces de perroquets, mais d'une beauté médiocre. Il y a une espèce de perruches vertes avec un capuchon gris : elles sont grosses comme des moineaux ;

11

on ne peut jamais les apprivoiser ; c'est encore
un ennemi des récoltes ; elles sont assez bonnes à manger.

On trouve dans les bois des merles qui, à
l'appel du chasseur, viennent jusqu'au bout
de son fusil. C'est un bon gibier.

Il y a un ramier, appelé pigeon hollandais,
dont les couleurs sont magnifiques ; et une
autre espèce d'un goût fort agréable, mais si
dangereuse, que ceux qui en mangent sont
saisis de convulsions.

On y trouve deux sortes de chauve-souris :
l'une, semblable à la nôtre ; l'autre, grosse
comme un petit chat, fort grasse, et que les
habitants mangent avec plaisir.

Il y a une espèce d'épervier appelé man-
geur de poules ; on prétend aussi qu'il vit de
sauterelles. Il se tient près de la mer. La vue
de l'homme ne l'effraie point.

On trouvait autrefois sur le rivage beaucoup de tortues de mer ; aujourd'hui on y en
voit rarement. J'en ai vu cependant des traces
sur le sable, et j'en ai vu pêcher à l'entrée
des rivières. C'est un poisson dont la chair

ressemble à celle du bœuf. Sa graisse est verte et de fort bon goût.

Les bords de la mer sont criblés de trous où logent quantité de tourlouroux. Ce sont des cancres amphibies, qui se creusent des souterrains comme la taupe. Ils courent fort vite, et quand on les veut prendre, ils font sonner leurs tenailles dont ils présentent les pointes. Ils ne sont d'aucune utilité.

Un autre amphibie fort singulier est le bernard-l'hermite, espèce de langouste, dont la partie postérieure est dépourvue d'écailles; mais la nature lui a donné l'instinct de la loger dans les coquillages vides. On les voit courir en grand nombre, chacun portant sa maison, qu'il abandonne pour une plus grande lorsqu'elle est devenue trop étroite.

Les insectes de l'île les plus nuisibles, sont les sauterelles. Je les ai vues tomber sur un champ comme la neige, s'accumuler sur la terre de plusieurs pouces d'épaisseur, et en dévorer la verdure dans une nuit. C'est l'ennemi le plus redoutable de l'agriculture.

Il y a plusieurs espèces de chenilles. Quelques-unes, comme celle du citronnier, sont très-grosses et très-belles. Les petites sont les plus dangereuses, ainsi que leurs papillons : elles désolent les jardins potagers.

Il y a un gros papillon de nuit, qui porte sur son corselet la figure d'une tête de mort : on l'appelle *haïe* ; il vole dans les appartements. On prétend que le duvet dont ses ailes sont couvertes, aveugle les yeux qui en sont atteints. Son nom vient de l'effroi que sa présence donne.

Les maisons sont remplies de fourmis, qui pillent tout ce qui est bon à manger. Si la peau d'un fruit mûr s'entr'ouvre sur un arbre, il est bientôt dévoré par ces insectes. On n'en préserve les offices et les garde-mangers, qu'en plaçant leurs supports dans l'eau. Son ennemi est le formica-leo, qui creuse ici, comme en Europe, son entonnoir dans le sable au pied des arbres.

Les cent-pieds se trouvent fréquemment dans les lieux obscurs et humides. Peut-être cet insecte fut-il destiné à éloigner l'homme des lieux malsains. Sa piqûre est très-douloureuse. Mon chien fut mordu à la cuisse par un de ces animaux, qui avait plus de six pouces de longueur. Sa plaie devint une espèce d'ulcère, dont il fut plus de trois semaines à guérir. J'ai eu le plaisir d'en voir un emporté par une multitude de fourmis qui l'avaient saisi par toutes les pattes, et le traînaient comme une longue poutre.

Le scorpion est aussi fort commun dans les maisons, et se trouve aux mêmes endroits. Sa piqûre n'est pas mortelle, mais elle donne la fièvre; c'est un bon remède de la frotter d'huile sur-le-champ.

La guêpe jaune avec des anneaux noirs, a un aiguillon qui n'est pas moins redoutable. Elle se bâtit dans les arbres, et même dans les maisons, des ruches dont la substance est semblable à celle du papier. Elles en construisaient une dans ma chambre; mais je me suis bien vite dégoûté de ces hôtes dangereux.

La guêpe maçonne se construit des tuyaux avec de la terre. On les prendrait pour quelque ouvrage d'hirondelle, s'il y en avait dans l'île. Elle se loge volontiers dans les appartements peu fréquentés, et elle s'attache surtout aux serrures, qu'elle remplit de ses travaux.

11*

On trouve souvent dans les jardins, les
feuilles des arbrisseaux découpées de la largeur d'une pièce de six sous. C'est l'ouvrage
d'une guêpe, qui taille avec ses dents
cette pièce circulaire, avec une précision et
une vitesse admirables : elle la porte dans
son trou, la roule en cornet, et y dépose son
œuf.

Il y a des abeilles, dont le miel m'a paru
assez bon : il est naturellement liquide.

Il y a une espèce d'insecte semblable aux
fourmis, et qui ne met pas moins d'intelligence à se loger. Ils font un grand dégât
dans les arbres et les charpentes, dont ils
pulvérisent le bois. Ils construisent, avec
cette poussière, des voûtes d'un pouce de
largeur, dessous lesquelles ils vont et viennent : ces animaux, qui sont noirs, courent
quelquefois sur toute la charpente d'une maison. Ils percent les coffres et les meubles
dans une nuit. Je n'ai point trouvé de remède
plus sûr que de frotter souvent d'ail les lieux
qu'ils fréquentent. On appelle ces fourmis des
carias. Beaucoup de maisons en sont ruinées.

Il y a trois espèces de cancrelas, le plus

sale de tous les scarabées. Il y en a un plat et gris; le plus commun est de la grosseur d'un hanneton, d'un brun roux. Il attaque les meubles, et sur-tout les papiers et les livres. Il est presque toujours logé au fond des offices et dans les cuisines. Les maisons en sont infectées : quand le temps est à la pluie, ils volent de tous côtés.

Il a pour ennemi une espèce de scarabée, ou mouche verte, fort leste et fort légère. Quand celle-ci le rencontre, elle le touche, et il devient immobile. Ensuite elle cherche une fente, où elle le traîne et l'enfonce; elle dépose un œuf dans son corps, et l'abandonne. Cet attouchement, que quelques gens prennent pour un charme, est un coup d'aiguillon dont l'effet est bien prompt; car cet insecte a la vie fort dure.

On trouve dans le tronc des arbres un gros ver avec des pattes, qui ronge le bois; on l'appelle moutouc. Les noirs, et même des blancs, en mangent avec plaisir. Pline observe qu'on le servait à Rome sur les meilleures tables, et qu'on en engraissait exprès de fleur de farine. On faisait grand cas de ce-

lui du bois de chêne : on l'appelait *cossus.*
Ainsi l'abondance et la plus affreuse disette se
rencontrent dans leurs goûts, et se rapprochent comme tous les extrêmes.

J'y ai vu nos espèces ordinaires de mouches ; mais le cousin ou maringouin y est plus
incommode qu'en Europe, sur-tout aux nouveaux arrivés dont il préfère le sang. Son
bourdonnement est très-fort. Ce moucheron
est noir, piqueté de blanc. On ne peut guère
s'en préserver la nuit que par des rideaux de
gaze, qu'on appelle mousticaires.

On trouve aussi, le long des ruisseaux, des
demoiselles d'une belle couleur violette, dont
la tête est comme un rubis. Cette mouche
est carnassière. J'en ai vu une emporter en
l'air un très-joli papillon.

Les appartements, dans certaines saisons,
sont remplis de petits papillons qui viennent
se brûler aux lumières. Ils sont en si grand
nombre, qu'on est obligé de mettre les bou-
gies dans des cylindres de verre. Ils attirent
dans les maisons un petit lézard fort joli de la
longueur du doigt ; ses yeux sont vifs ; il
grimpe le long des murailles, et même sur

de verre ; il se nourrit de mouches et d'insectes, qu'il guette avec beaucoup de patience ;
il pond de petits œufs ronds, gros comme des
pois, et ayant coque, blanc et jaune, comme
les œufs de poule. J'ai vu de ces lézards apprivoisés venir prendre du sucre dans la
main. Loin d'être malfaisants, ils sont fort
utiles. Il y en a de magnifiques dans les bois.
On en voit de couleur d'azur et de vert
changeant, avec des traits cramoisis sur
le dos, qui ressemblent à des caractères
arabes.

Un ennemi plus terrible aux insectes, est
l'araignée. Quelques-unes ont le ventre de
la grosseur d'une noix, avec de grandes pattes
couvertes de poil. Leurs toiles sont si fortes,
que les petits oiseaux s'y prennent. Elles détruisent les guêpes, les scorpions et les cent-
pieds.

Enfin, pour achever mon catalogue, je n'ai
point vu de pays où il y ait tant de puces. On
en trouve dans le sable le long de la mer, et
presque sur le sommet des montagnes. On
prétend que ce sont les rats qui les y portent.
En certaines saisons, si on met un papier

blanc à terre, on le voit aussitôt couvert de
ces insectes.

Je n'oublierai pas un pou fort singulier que
j'ai vu s'attacher aux pigeons. Il ressemble à
la tique de nos bois, mais la nature lui a donné
des ailes. Celui-là est bien destiné aux oiseaux.
Il y a un petit pou blanc, qui s'attache aux
arbres fruitiers, et les fait périr; et une punaise de bois, appelée punaise maupin. Sa
piqûre est plus dangereuse que celle du scorpion; elle est suivie d'une tumeur de la grosseur d'un œuf de pigeon, qui ne se dissipe
qu'au bout de cinq ou six jours.

Vous observerez que la douce température
de ce climat, si désirée par les habitants de
l'Europe, est si favorable à la propagation
des insectes, qu'en peu de temps tous les fruits
seraient dévorés, et l'île même deviendrait
inhabitable. Mais les fruits de ces contrées
méridionales sont revêtus de cuirs épais, de
peaux âpres, de coques très-dures et d'écorce
aromatiques, comme l'orange et le citron,
en sorte qu'il y a peu d'espèces où la mouche
puisse introduire son ver. Plusieurs de ce
animaux nuisibles se font une guerre perpé-

tuelle, comme le cent-pieds et le scorpion.
Le formica-leo tend des piéges aux fourmis,
la mouche verte perce les cancrelas, le lézard
chasse aux papillons, l'araignée dresse ses
filets pour tout insecte qui vole, et l'ouragan
qui arrive tous les ans, anéantit à-la-fois une
partie du gibier et des chasseurs.

Au Port-Louis, ce 7 décembre 1768.

~~~~~~

LETTRE X.

DES PRODUCTIONS MARITIMES , POISSONS , COQUILLES, MADRÉPORES.

IL me reste à vous parler de la mer et de ses productions ; après quoi vous en saurez au moins autant que le premier Portugais qui mit le pied dans l'île. Si je puis y joindre un journal météorologique, vous serez à-peu-près au fait de tout ce qui regarde le naturel de cette terre. Nous passerons de là aux habitants et au parti qu'ils ont tiré de leur sol, où, comme dans le reste de l'univers, le bien est mêlé de mal. Le bon Plutarque veut qu'on tire de ces contraires une harmonie ; mais les instruments sont communs, et les bons musiciens sont rares.

On voit souvent des baleines au vent de l'île, sur-tout dans le mois de septembre.

temps de leur accouplement. J'en ai vu plusieurs, pendant cette saison, se tenir perpendiculairement dans l'eau, et venir fort près de la côte. Elles sont plus petites que celles du nord. On ne les pêche point, cependant les noirs n'ignorent pas la manière de les harponner. On prend quelquefois des lamentins. J'ai mangé de sa chair, qui ressemble à du bœuf; mais je n'ai jamais vu ce poisson.

La vieille, est un poisson noirâtre, assez semblable à la morue pour la forme et pour le goût. Ce poisson est quelquefois empoisonné, ainsi que quelques espèces que je vais décrire. Ceux qui en mangent sont saisis de convulsions. J'ai vu un ouvrier en mourir; sa peau tombait par écailles. A l'île Rodrigue, qui n'est qu'à cent lieues d'ici, les Anglais, dans la dernière guerre, perdirent, par cet accident, près de quinze cents hommes, et manquèrent par-là leur expédition sur l'Ile-de-France. On croit que les poissons s'empoisonnent en mangeant les branches des madrépores. On peut connaître ceux qui sont empoisonnés à la noirceur de leurs dents; et si on jette dans le chaudron où on les fait cuire, une pièce d'argent, elle se noircit. Ce qu'il y a d'étrange, c'est que jamais le poisson n'est mal sain au vent de l'île. Ceux qui croient que les madrépores en sont cause, se trompent donc ; car l'île est environnée de bancs de corail. J'en attribuerais plutôt la cause au fruit inconnu de quelque arbre vénéneux qui tombe à la mer : ce qui est d'autant plus probable, qu'il n'y a qu'une saison, et que quelques espèces gourmandes, sujettes à ce danger. D'ailleurs cette espèce de ramier, dont la chair donne des convulsions, prouve que le poison est dans l'île même.

Dans le nombre des poissons suspects, sont plusieurs poissons blancs à grande gueule et à grosse tête, comme le capitaine et la carangue. Ces deux sortes sont d'un goût médiocre. On croit que ceux qui ont la gueule pavée, c'est-à-dire, un os raboteux au palais, ne sont point dangereux.

Il y a des requins, mais on n'en mange point.

En général, plus les poissons sont petits, moins ils sont dangereux. Le rouget est beaucoup plus gros, et fort inférieur à celui d'Europe. Il passe pour sain, ainsi que le mulet qui y est fort commun.

On trouve des sardines et des maquereaux, d'un goût médiocre, ainsi que tous les poissons de cette mer. Ils diffèrent un peu des nôtres pour la forme.

La poule d'eau, espèce de turbot, est le meilleur de tous. Sa graisse est verte.

Il y a des raies blanches avec une longue queue hérissée d'épines, et d'autres dont la peau et la chair sont noires; des sabres, ainsi nommés de leur forme; des lunes, bariolées de différentes couleurs; des bourses, dont la peau est dessinée comme un réseau; d'autres poissons semblables aux merlans, colorés de jaune, de rouge et de violet; des perroquets qui non-seulement sont verts, mais qui ont la tête jaune, le bec blanc et courbé, et vont en troupe comme ces oiseaux.

Le poisson armé est petit, et d'une forme très-bizarre. Sa tête est faite comme celle du brochet. Il porte sur son dos sept pointes aussi longues que son corps. La piqûre en est très-venimeuse. Elles sont unies entre elles par une pellicule qui ressemble à une aile de

chauve-souris. Il est rayé de bandes brunes
et blanches qui commencent à son museau,
précisément comme au zèbre du Cap. Le poisson qui est carré comme un coffre, dont il
porte le nom, est armé de deux cornes comme
un taureau. Il y en a de plusieurs espèces; il
ne devient jamais grand. Le porc-épic est
tout hérissé de longs piquants. Le polype,
qui rampe dans les flaques d'eau avec ses sept
bras armés de ventouses, change de couleur,
vomit l'eau, et tâche de saisir celui qui veut
le prendre. Toutes ces espèces, d'une forme
si étrange, se trouvent dans les récifs, et ne
valent pas grand'chose à manger.

Les poissons de ces mers sont inférieurs
pour le goût à ceux d'Europe; en revanche,
ceux d'eau douce sont meilleurs que les nôtres.
Ils paraissent de même espèce que ceux de
mer. On distingue la lubine, le mulet, et la
carpe qui diffère de celle de nos rivières; le
cabot, qui vit dans les torrents, au milieu
des rochers, où il s'attache avec une mem-
brane concave et des chevrettes fort grosses
et fort délicates. L'anguille est coriace, c'est
une espèce de congre. Il y en a de sept à huit

pieds de long, de la grosseur de la jambe.
Elles se retirent dans les trous des rivières,
et dévorent quelquefois ceux qui ont l'imprudence de s'y baigner.

Il y a des homards ou langoustes d'une
grandeur prodigieuse. Ils n'ont point de
grosses pattes. Ils sont bleus, marbrés de
blanc. J'y ai vu une petite espèce de homard
d'une forme charmante : il était d'un bleu
céleste, et avait deux petites pattes divisées
en deux articulations à-peu-près comme un
couteau dont la lame se replierait dans sa
rainure : il saisissait sa proie comme s'il était
manchot.

Il y a une très-grande variété de crabes.
Voici ceux qui m'ont paru les plus remarquables.

Une espèce toute raboteuse de tubercules
et de pointes comme un madrépore ; une autre
qui porte sur le dos l'empreinte de cinq cachets rouges ; celui qui a au bout de ses serres
la forme d'un fer à cheval ; une espèce, couverte de poils, qui n'a point de pinces, et
qui s'attache à la carène des vaisseaux ; un
crabe marbré de gris, dont la coque, quoique

12*

lisse, est fort inégale : on y remarque beaucoup de figures inégales et bizarres, qui cependant sont constamment les mêmes sur
chaque crabe ; celui qui a ses yeux au bout
de deux longs tuyaux comme des télescopes :
quand il ne s'en sert point, il les couche dans
des rainures le long de sa coquille ; l'araignée
de mer; un crabe dont les pinces sont rouges,
et dont une est beaucoup plus grosse que
l'autre ; un petit crabe, dont la coquille est
trois fois plus grande que lui : il en est couvert
comme d'un grand bouclier; on ne voit point
ses pattes quand il marche.

On trouve en plusieurs endroits, le long
du rivage, à quelques pieds sous l'eau, une
multitude de gros boudins vivants, roux et
noirs. En les tirant de l'eau, ils lancent une
glaire blanche et épaisse, qui se change dans
le moment en un paquet de fils déliés et glu-
tineux. Je crois cet animal l'ennemi des crabes, parmi lesquels on le rencontre. Sa glaire
visqueuse est très - propre à embarrasser
leurs pattes, qui d'ailleurs ne sauraient avoir
de prise sur son cuir élastique et sur sa
forme cylindrique. Les matelots lui donnent

un nom fort grossier, qu'on peut rendre en latin par *mentula monachi*. Les Chinois en font grand cas, et le regardent comme un puissant aphrodisiaque.

Je crois qu'on peut mettre au rang des poissons à coquille, une masse informe, molle et membraneuse, au centre de laquelle se trouve un seul os plat, un peu cambré. Dans cette espèce, l'ordre commun paraît renversé : l'animal est au dehors, et la coquille au dedans.

Il y a plusieurs espèces d'oursins. Ceux que j'ai vus et pêchés sont : un oursin violet à très-longues pointes ; dans l'eau, ses deux yeux brillent comme deux grains de lapis ; j'ai été vivement piqué par un d'eux. Un oursin gris à baguettes rondes cannelées. Un oursin à baguettes obtuses et à pans, marbré de blanc et de violet ; cette espèce est fort belle ; il y en a de gris. L'oursin à cul d'artichaut sans pointe ; il est rare. L'oursin commun à petites pointes ; il ressemble à une châtaigne couverte de sa coque. Ces animaux se trouvent dans les cavités des rochers et des madrépores, où ils se tiennent à couvert du gros temps.

J'entre ici dans une matière fort abondante,
où il est difficile de mettre quelque ordre. Celui
de d'Argenville ne me plaît point, parce que
beaucoup d'espèces ne sont pas à leur place.

Il en est de même de toutes les classes de
l'histoire naturelle. Les familles, qui se croisent sans cesse, se confondent dans notre mé-
moire. Toutes les méthodes étant défectueu-
ses, j'aime mieux en imaginer une pour ce
genre, qu'on peut appliquer à tous les autres.

Je mets au centre l'être le plus simple, et
de là je tire des rayons sur lesquels je range
les êtres qui vont en se composant. Ainsi le
lépas, qui n'est qu'un petit entonnoir qui se
colle contre les rochers, est le centre de mon
ordre sphérique. Sur un des rayons, je mets
l'oreille-de-mer, qui forme déjà un bourrelet
sur un de ses bords; ensuite les rochers, dont
la volute est tout-à-fait terminée. En disposant
de suite les nuances de toute cette famille,
aucun individu ne m'échappe.

Je suppose ensuite que le lépas se termine
en longue pyramide, comme il s'en trouve en
effet. Je fais partir un autre rayon, sur lequel
je dispose les vermiculaires qui se tournent

en spirale, comme les nautiles, les cornes-
d'Ammon, etc.

Il se trouve des lépas qui ont un petit commencement de spirale en dedans : j'aurai une
autre ligne pour différentes espèces de tonnes
ou de limaçons.

Il y a des lépas qui ont un petit talon à
leur ouverture : je tire de là l'origine des bivalves les plus simples.

Si je trouve des espèces composées, qui
n'appartiennent pas plus à un rayon qu'à
l'autre, je tire une corde des deux individus
analogues : cette corde devient le diamètre
d'une nouvelle sphère, et ma nouvelle coquille en sera le centre.

On peut étendre, ce me semble, ce système à tous les règnes; et si nos cabinets ne
fournissent pas de quoi remplir tous les rayons
et toutes les cordes qui communiquent à ces
rayons, on connaîtra peut-être par-là les
familles qui nous manquent : car je pense
que la nature a fait tout ce qui était possible,
non-seulement les chaînes d'êtres entrevues
par les naturalistes, mais une infinité d'autres
qui se croisent; en sorte que tout est lié dans

tous les sens, et que chaque espèce forme les grands rayons de la sphère universelle, et est à-la-fois centre d'une sphère particulière.

Revenons à nos coquilles. On trouve à l'Ile-de-France un lépas uni et aplati; le lépas étoilé; le lépas fluviatile, qui, comme toutes les coquilles de ces rivières, est couvert d'une peau noire; l'oreille-de-mer, bien nacrée en dedans; une espèce de coquille blanche, dont le bourrelet est encore plus contourné.

Le vermiculaire, qui n'est qu'un tuyau blanc qu'on croit un fragment de l'arrosoir; une grande espèce qui traverse, en serpentant, les madrépores; le cornet-de-Saint-Hubert, petit vermiculaire blanc, tourné en spirale détachée, et divisé intérieurement par cloisons, comme le nautile; le nautile papiracé, le nautile ordinaire, dont la coupe offre une si belle volute.

Dans les limaçons, les uns restent fixés au rochers, et ont la coquille encroûtée; les autres voyagent et ont la coquille lisse.

Dans les premiers, on trouve la bouche d'argent simple: lorsqu'on la dépouille de croûte, elle surpasse en beauté l'argent bruni

IDÉE D'UN ORDRE SPHÉRIQUE
Pour une des parties
de l'histoire naturelle.

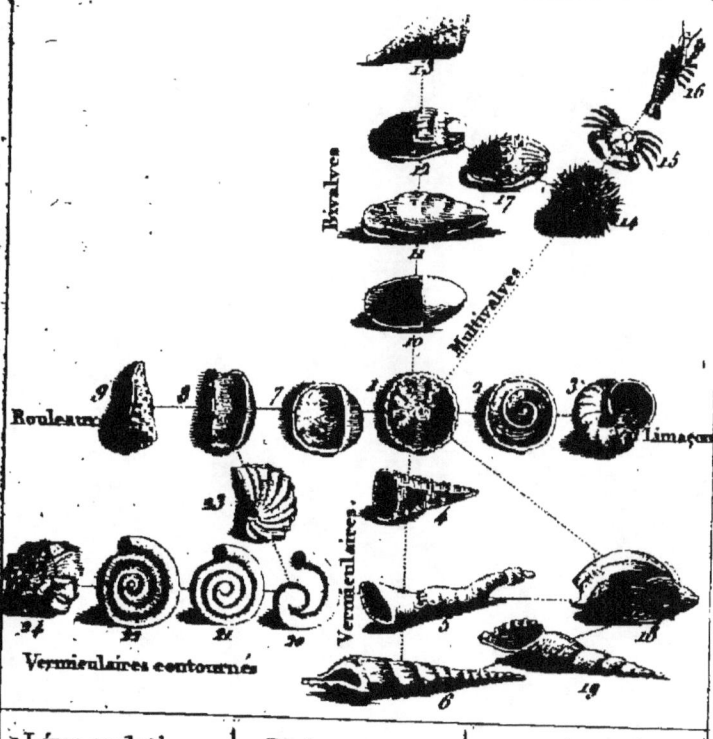

1. Lépas applati.	9. Rouleau.	17. Hluitre épineuse.
2. Lépas chambre.	10. Lépas à talon.	18. La Harpe.
3. Limaçon.	11. Moule.	19. Culotte de Suisse.
4. Lépas pyramidal.	12. Huitre.	20. Cornet de St. Hubert.
5. Vermiculaire.	13. La Hache d'armes.	21. Corne d'hammon.
6. Fuseau.	14. Oursin.	22. Escalier Chinois.
7. Lépas roulé sur un côte.	15. Crabe.	23. Naulille Papyracé.
8. Oreille de mer.	16. Hômard.	24. La Thiare.

une bouche-d'argent épineuse; la bouche-
d'or, dont la nacre est jaune; le limaçon fluviatile, qui, sous sa peau noire, cache une
belle couleur de rose rayée de point de Hongrie; le limaçon fluviatile à pointe, qu'on
trouve dans plusieurs ruisseaux; la conque
persique ou de Panama, qui donne une liqueur propre à teindre en pourpre; un limaçon alongé, marqué à sa bouche de points
noirs; la bécasse, dont le bec alongé est garni
d'épines ; la tonne ronde, grosse coquille
emaillée de jaune; la tonne alongée ou l'aile-
-de-perdrix : ces deux espèces ont une surpeau.

Dans les limaçons voyageurs, la nérite cannelée ; la nérite lisse, avec des rubans ou
rose, ou gris, ou noirs, de toutes les nuances:
il y en a une variété prodigieuse. La harpe,
la plus belle, à mon gré, des coquilles, par
sa forme, ses bandes, la beauté de sa pâte et
l'éclat de ses couleurs; la harpe avec des
pointes; le même limaçon que nous vîmes
près des Açores, qui donne une eau purpu-
rine; l'œuf-de-pintade marbré de bleu. On
peut bien mettre à la suite deux coquilles de

terre, le limaçon, et la lampe-antique couverte d'une peau brune.

Dans les rouleaux, une olive commune; une belle olive qui ressemble pour les nuances au velours de trois couleurs; la noire est la plus estimée : j'en ai vu de cinq pouces de longueur. Une petite olive plus évasée; le rouleau commun, piqueté de rouge; le rouleau blanc; le rouleau piqueté de points noirs : ces trois espèces ont une surpeau couverte de poil. Le drap-d'or; le tonnerre dont la coque est mince : il est rayé de faisceaux en zigzag. La poire; un rouleau couvert de peau, ainsi que la poire : sa bouche a une échancrure, elle est d'un beau ponceau. L'oreille-de-Midas encroûtée, mais sa bouche est d'un beau vernis; le grand casque, dont les couleurs sont aurore; le casque blanc truité, il est petit; le scorpion couvert de peau avec ses sept crochets; l'araignée, grande et belle coquille à lèvres violettes, avec sa bouche garnie de pointes.

Dans les porcelaines, il y en a une espèce commune d'un rouge brun à dos d'âne; celle qui est tigrée; la carte-de-géographie, elle est rare ; l'œuf, d'un blanc de faïence, dont la bouche est jaune ou rouge; le lièvre, d'une belle couleur fauve rembrunie ; l'olive-de-roche, dont la coquille est très-fragile.

Dans les vis, la vis simple truitée, elle est fort alongée ; une vis aussi belle, dont la spirale est accompagnée d'une moulure; l'enfant-en-maillot, plus renflée; une vis aussi grosse, appelée la culotte de Suisse : son vernis et ses couleurs sont très-belles; une petite vis avec une espèce de bec, on la trouve toujours percée d'un trou; une autre à dos d'âne, également percée; le fuseau blanc, il est rare; le fuseau tacheté de rouge ; la mitre maritime, marquée des mêmes taches; la mitre fluviatile, couverte d'une peau noire.

On remarque comme une chose en effet très-singulière, que toutes les univalves sont tournées de gauche à droite, en observant la coquille couchée sur sa bouche, la pointe tournée vers soi. Il n'y a d'exceptées que peu d'espèces très-rares. Quelle loi a pu les décider à commencer leur volute du même côté? Serait-ce la même qui a fait tourner la

13

terre d'occident en orient ? En ce cas le soleil pourrait bien en être la cause, comme il est celle de leurs couleurs, qui sont d'autant plus belles qu'on approche plus de la Ligne.

J'ai lu ce qu'on a écrit sur la formation des coquilles, et je n'y entends rien. Par exemple, le scorpion qui a des crochets fort alongés, augmente sa coquille tous les ans. Les anciens crochets lui deviennent inutiles, il en forme de nouveaux. Qu'a-t-il fait des autres ? De même, la porcelaine a une bouche épaisse, et est taillée de manière qu'elle ne peut augmenter ses révolutions sur elle-même, si elle ne parvient à détruire les obstacles de son ouverture. Je soupçonnerais que ces animaux ont une liqueur propre à dissoudre les murs du toit qu'ils veulent agrandir ; et si ce dissolvant existe, il me semble qu'on pourrait l'employer contre la pierre qui se forme dans la vessie, d'humeurs glutineuses comme la première matière des coquilles.

Dans les bivalves sont : l'huître commune qui se colle aux rochers, et d'une forme si baroque, qu'on ne peut l'ouvrir qu'à coup de marteau : elle est bonne à manger ; une espèce qu'on nomme *la feuille* à cause de sa forme ; une huître qui ne diffère point de celle d'Europe ; une huître grise qui s'attache à la carène des vaisseaux, et dont l'écaille est très-fine et très-élastique : elle est rare; l'huître perlière, blanche, plate, épaisse et fort grande : elle se trouve loin de terre ; elle est la même que celle d'où l'on tire les perles; une autre huître perlière encore plus aplatie, d'un violet foncé : elle s'attache avec des fils comme la moule ; elle est commune au port du sud-est; on la trouve à l'embouchure des rivières ; ses perles sont violettes.

On y trouve communément l'huître appelée *la tuilée*, de l'espèce de celles qui servent de bénitiers à Saint-Sulpice. C'est peut-être le plus grand coquillage de la mer ; on en voit, aux Maldives, que deux bœufs traîneraient difficilement. Il est bien étrange que cette huître se trouve fossile sur les côtes de Normandie, où je l'ai vue.

Il y a encore une espèce d'huître grise et mince, qui ressemble beaucoup à la selle polonaise ; l'huître épineuse, qui se trouve dans

les coraux; la pelure-d'ognon, dont je n'ai
vu que des coquilles dépareillées.

J'ai vu trois espèces de moules : elles ne
sont ni curieuses ni communes; elles ressemblent, pour la forme, au dail de la Méditerranée, et se logent dans les trous de madrépores; une moule blanche à coque élastique,
qui se trouve incorporée avec les éponges :
c'est une nuance intermédiaire entre deux espèces. Si jamais je fais un cabinet, elle trouvera aisément sa place par ma méthode.

La hache-d'armes se rapproche des moules ;
elle est faite comme le fer d'une hache, une
pointe d'un côté, un tranchant de l'autre;
elle est armée d'aspérosités; elle n'a ni cuir ni
charnière, mais un seul pli élastique.

Dans les pétoncles : l'arche-de-Noé, dont
les extrémités se relèvent comme la poupe
d'un bateau; le cœur, strié et cannelé d'une
forme bien régulière; le cœur-de-bœuf, dont
un côté est inégal; la corbeille, ses canne-
lures paraissent s'entrelacer; la râpe, dont les
stries sont formées par des arcs de cercle qui
se croisent; une pétoncle commune : sa coquille est mince, elle est en dedans teinte en

violet; une autre fort jolie et rare, dessinée en dehors comme un point de Hongrie; le peigne; le manteau-ducal, qui a de belles couleurs aurore.

Il y a apparence que les coquillages ne vivent pas plus en paix que les autres animaux. On en trouve beaucoup de débris sur les rivages. Ceux qui y viennent entiers sont toujours percés. Je me souviens d'avoir vu un limaçon armé d'une dent pointue dont il se sert pour percer la coquille des moules : il se trouve au détroit de Magellan; on l'appelle burgau armé.

Pour avoir de beaux coquillages, il faut les pêcher vivants. Les espèces dont la robe est nette, vivent sur le sable, où elles s'enfouissent dans les gros temps; les autres se collent aux rochers. Les moules se nichent dans les branches des madrépores, où elles multiplient peu. Si elles frayaient en liberté sur les rochers, comme en Europe, les ouragans les détruiraient.

Il y a beaucoup d'industrie et de variété dans la charnière des coquilles. Nos arts pourraient y profiter. Les huîtres n'ont qu'un peu

13*

de cuir, mais elles font corps avec le rocher;
les moules ont une peau élastique très-forte;
la hache-d'armes n'a qu'un pli; les cœurs,
s'ils sont réguliers, ont, à leur charnière, de
petites dents qui prennent l'une dans l'autre;
si un de leurs côtés s'étend en aile, la charnière est plus considérable du côté où le poids
est le plus fort, et les dents qui la forment
sont plus grosses; on entrevoit, dans leurs
courbes, une géométrie admirable.

L'Ile-de-France est tout environnée de madrépores. Ce sont des végétations pierreuses,
de la forme d'une plante ou d'un arbrisseau.
Elles sont en si grand nombre, que les écueils
en sont entièrement formés.

Je distingue ceux qui ne tiennent point au
sol, et ceux qui y sont attachés.

Dans les premiers, sont : le champignon,
qui paraît composé de feuillets; le plumet,
qui est de la même espèce; le plumet à
trois et à quatre branches; le cerveau de Neptune.

Dans ceux qui tapissent le fond de la mer,
et qui semblent y tenir par leurs racines,
sont : le chou-fleur; le chou, qui par le port

et les feuilles ressemble beaucoup à ce végétal : il est de la grande espèce, ainsi qu'un
madrépore dont les étages forment une espèce
de spirale ; il est très-fragile ; un autre, qui
ressemble à un arbre par sa tige élancée et la
masse de ses branches ; une espèce très-jolie
que j'appelle *la gerbe* : elle semble formée de
plusieurs bouquets d'épis de blé ; le pinceau
ou l'œillet : au centre de chaque découpure,
on remarque un peu de vert ; une espèce
commune, ramassée en touffe comme une
plante de réséda avec ses cônes de fleurs ; un
madrépore très-joli, croissant de la forme
d'une île avec ses rivages et ses montagnes ;
un autre qui ressemble à une congélation ; une
espèce dont les feuillages sont digités comme
une main ; le bois-de-cerf, dont les cornichons
sont très-détachés et très-fragiles ; la ruche-
à-miel, grande masse sans forme, dont toute
la surface est régulièrement trouée ; le corail
d'un bleu pâle, qui est rare : en dedans il est
d'un bleu plus foncé ; un corail articulé blanc
et noir qui tient un peu du corail rouge,
qu'on n'a point encore trouvé ici ; des végétations coralines, bleues, blanches, jaunes,

rouges, si fragiles et si découpées, qu'on ne peut en envoyer en Europe.

Dans les lithophytes : une plante semblable à une longue paille, sans feuillage, sans nœuds et sans boutons; une végétation semblable à une petite forêt d'arbres : leurs racines sont fort entrelacées, chacun d'eux a un petit bouquet de feuilles : la substance de ce lithophyte tient de la nature du bois, et brûle au feu comme lui; il est cependant dans la classe des madrépores.

J'ai vu trois espèces d'étoiles marines qui n'ont rien de remarquable. On trouvait autrefois de l'ambre gris sur la côte : il y a même un îlot au vent, qui en porte le nom. On en apporte quelquefois de Madagascar.

On ne doute pas aujourd'hui que les madrépores ne soient l'ouvrage d'une infinité de petits animaux, quoiqu'ils ressemblent absolument à des plantes, par leur port, leur tige, leurs branches, leurs masses, et même par des fleurs de couleur de pêcher. Je me rends à l'expérience avec plaisir; car j'aime à voir l'univers peuplé. D'ailleurs, je conçois qu'un ouvrage régulier doit être fait pa quelque agent qui a une portion d'ordre et d'intelligence. Ces végétations ressemblent tellement aux nôtres, la matière à part, que je suis même très-porté à penser que tous nos végétaux sont les fruits du travail d'une multitude d'animaux vivants en société. J'aime mieux croire qu'un arbre est une république, qu'une machine morte, obéissant à je ne sais quelles lois d'hydraulique. Je pourrais appuyer cette opinion d'observations assez curieuses. Peut-être un jour en aurai-je le loisir. Ces recherches peuvent être utiles : mais quand elles seraient vaines, elles détournent notre curiosité, avide de connaître et de juger ; elles l'empêchent de se jeter, faute d'aliment, sur tout ce qui l'environne ; ce qui est la cause première de nos discordes. Nos histoires souvent ne sont que des calomnies, nos traités de morale des satires, et nos sociétés des académies de médisance et d'épigrammes. Après cela, on se plaint qu'il n'y a plus d'amitié et de confiance, comme s'il pouvait y en avoir entre des gens qui ont toujours une cuirasse sur le cœur, et un poignard sous le manteau.

Ou parlons peu, ou faisons des systèmes. *Tradidit mundum disputationibus.* Disputons donc, mais sans nous fâcher.

Au Port-Louis de l'Ile-de-France, ce 12 janvier 1769.

~~~~~~

JOURNAL MÉTÉOROLOGIQUE.

QUALITÉS DE L'AIR.

JUILLET, 1768.

PENDANT ce mois, les vents régnèrent de la
partie sud-est, d'où ils soufflent presque
toute l'année. La brise est forte pendant le
jour; il fait calme la nuit. Quoique nous
soyons dans la saison sèche, il tombe souvent de la pluie. Ce sont des grains assez violents; ils ne sont pas de durée. L'air est très-
frais. On ne peut guère se passer d'habits de
drap.

AOUT.

Il pleut presque tous les jours. Le sommet
des montagnes est couvert de vapeurs sem-

blables à des fumées, qui descendent dans la
plaine, accompagnées de coups de vent. Ces
pluies forment souvent des arcs-en-ciel sur
les flancs de la montagne, qui n'en sont pas
moins noirs.

SEPTEMBRE.

Même temps et même vent. C'est la saison
des récoltes. Si la chaleur et l'humidité sont
la seule cause de la végétation, pourquoi
rien ne pousse-t-il dans cette saison ? il ne
fait pas moins chaud qu'au mois de mai en
France. Y aurait-il quelque esprit de vie qui
accompagne le retour du soleil ? Les Romains
en faisaient honneur au vent d'ouest, et
fixaient son arrivée au huitième de février.
Ils l'appelaient *favonius*, c'est-à-dire, nour-
ricier. C'est le même que le zéphyr des Grecs.
Pline dit qu'il *sert de mari à toutes choses
qui prennent vie de la terre.* Ils étaient
peut-être aussi ignorants que nous ; mais leur
philosophie me paraît plus touchante, et ils
ne se fâchaient pas quand on n'était point de
leur avis.

OCTOBRE.

Même température, l'air un peu plus chaud, il est toujours frais dans l'intérieur de l'île. A la fin de ce mois, on ensemence les terres en blé; dans quatre mois on le récolte; ensuite on sème du maïs, qui est mûr en septembre. Ce sont deux moissons dans le même champ; mais ce n'est pas trop pour les fléaux dont cette terre est désolée.

NOVEMBRE.

Les chaleurs commencent à se faire sentir; les vents varient, et vont quelquefois au nord-ouest. Il tombe des pluies orageuses.

Point de vaisseau de France, point de lettres. Il est triste d'attendre de l'Europe quelque portion de son bonheur.

DÉCEMBRE.

Les chaleurs sont fatigantes, le soleil est au zénith; mais l'air est tempéré par des

14

pluies abondantes : il me semble même que j'ai éprouvé des chaleurs plus fortes dans quelques jours de l'été à Pétersbourg. Au commencement du mois j'ai entendu le tonnerre, pour la première fois depuis mon arrivée.

Le 23 au matin, les vents étant au sud-est, le temps se disposa à un coup de vent. Les nuages s'accumulèrent au sommet des montagnes. Ils étaient olivâtres et couleur de cuivre. On en remarquait une longue bande supérieure, qui était immobile. On voyait des nuages inférieurs courir très-rapidement. La mer brisait, avec grand bruit, sur les récifs. Beaucoup d'oiseaux marins venaient du large se réfugier à terre. Les animaux domestiques paraissaient inquiets. L'air était lourd et chaud, quoique le vent ne fût pas tombé.

A tous ces signes, qui présageaient l'ouragan, chacun se hâta d'étayer sa maison avec des arcs-boutants, et d'en condamner toutes les ouvertures.

Vers les dix heures du soir, l'ouragan se déclara. C'étaient des rafales épouvantables, suivies d'instants de calme effrayants, où

vent semblait reprendre des forces. Il fut
ainsi en augmentant pendant la nuit. Ma case
en étant ébranlée, je passai dans un autre
corps-de-logis. Mon hôtesse fondait en larmes, dans la crainte de voir sa maison détruite. Personne ne se coucha. Vers le matin,
le vent ayant encore redoublé, je m'aperçus
que tout un front de la palissade de l'entou-
rage allait tomber, et qu'une partie de notre
toit se soulevait à un des angles : avec quelques planches et des cordes, je fis prévenir
le dommage. En traversant la cour, pour
donner quelques ordres, je pensai, plusieurs
fois, être renversé. Je vis au loin des murailles tomber, et des couvertures dont les
bardeaux s'envolaient comme des jeux de
cartes.

Il tomba de la pluie vers les huit heures
du matin; mais le vent ne cessa point. Elle
était chassée horizontalement, et avec tant de
violence, qu'elle entrait comme autant de
jets d'eau par les plus petites ouvertures. Elle
gâta une partie de mes papiers.

A onze heures, la pluie tombait du ciel
par torrents. Le vent se calma un peu; les

ravines des montagnes formaient, de tous côtés, des cascades prodigieuses. Des parties de roc se détachaient avec un bruit semblable à celui du canon. Elles formaient, en roulant, de larges trouées dans les bois. Les ruisseaux se débordaient dans la plaine, qui était semblable à une mer. On n'en voyait plus ni les digues, ni les ponts.

A une heure après midi, les vents sautèrent au nord-ouest. Ils chassaient l'écume de la mer par grands nuages sur la terre. Ils jetèrent du port sur le rivage, les navires, qui tiraient en vain du canon : on ne pouvait leur envoyer du secours. Par ces nouvelles secousses, les édifices furent ébranlés en sens contraire, et presque avec autant de violence. Vers midi, ils passèrent à l'est, ensuite au sud. Ils firent ainsi le tour de l'horizon dans les vingt-quatre heures, suivant l'ordinaire; après quoi tout se calma.

Beaucoup d'arbres furent renversés, des ponts furent emportés. Il ne resta pas une feuille dans les jardins. L'herbe même, ce chiendent si dur, paraissait, en quelques lieux, rasée au niveau de la terre.

Pendant la tempête, un bon citoyen, appelé Leroux, envoya par-tout ses noirs, ouvriers, offrir gratuitement leurs services. Cet homme était menuisier. Il ne faut pas oublier les bonnes actions, sur-tout ici.

On avait annoncé, le 23, une éclipse de lune, à cinq heures quatre minutes du soir; mais le mauvais temps empêcha les observations.

L'ouragan arrive tous les ans assez régulièrement au mois de décembre; quelquefois en mars. Comme les vents font le tour de l'horizon, il n'y a point de souterrain où la pluie ne pénètre. Il détruit un grand nombre de rats, de sauterelles et de fourmis, et on est quelque temps sans en voir. Il tient lieu d'hiver; mais ses ravages sont plus terribles. On se ressouviendra long-temps de celui de 1760. On vit un contrevent enlevé en l'air, et dardé comme une flèche dans une couverture. Les mâts inférieurs d'un vaisseau de 64 canons, qui étaient sans vergues, furent tors et rompus. Il n'y a point d'arbre d'Europe qui pût résister à de si violents tourbillons. Nous avons vu comment la nature avait défendu les forêts de ce pays.

14*

JANVIER, 1769.

Temps pluvieux, chaud et lourd. Grands orages, mais peu de tonnerre. Comme les coups de vent sont violents dans cette saison, la navigation cesse depuis décembre jusqu'en avril.

Toutes les prairies ont reverdi; le paysage est plus gai, mais le ciel est plus triste.

FÉVRIER.

Temps orageux et coups de vent violents. Le bot *l'Heureux*, envoyé à Madagascar, a péri, ainsi que le vaisseau *le Favori*, parti du Cap.

Le 25 de ce mois, les nuages rassemblés par le vent de nord-ouest, se formèrent en longue bande immobile depuis la montagne du Pavillon jusqu'à l'île aux Tonneliers. Il en sortit une quantité prodigieuse de coups de tonnerre; l'orage dura depuis six heures du matin jusqu'à midi. La foudre tomba un grand nombre de fois. Un grenadier fut tué d'un coup; une négresse d'un autre, ainsi qu'un bœuf sur l'île aux Tonneliers : un fusil fut fondu dans la maison d'un officier. Ces gens-ci disent qu'il n'y a pas d'exemple que le tonnerre soit tombé dans la ville ; pour moi, je n'en ai jamais entendu de si violent : il semblait que c'était un bombardement. Je crois que si on eût tiré le canon, l'explosion eût dissipé ces nuages qui étaient immobiles.

MARS.

Les pluies sont un peu moins fréquentes ; les vents toujours au sud-est. La chaleur supportable.

AVRIL.

La saison est belle. Les herbes commencent à sécher, et quand on y aura mis le feu, il y en a pour sept mois d'un paysage teint en noir.

MAI.

Vers la fin de ce mois, les vents tournèrent à l'ouest et au nord-ouest, suivant l'ordinaire. Nous voilà dans la saison sèche. Je fus aux

plaines de Williams, où je trouvai l'air d'une
fraîcheur fort agréable.

JUIN.

Les vents sont fixes au sud-est, où ils sont
presque toujours. Les petits grains pluvieux
recommencent.

Il n'y a point de maladie particulière au
pays ; mais on y meurt de toutes celles de
l'Europe. J'ai vu mourir d'apoplexie, de pe-
tite-vérole, de maux de poitrine, d'obstruc-
tions au foie, ce qui vient de chagrin plutôt
que de la qualité des eaux, comme on le prétend. J'y ai vu une pierre plus grosse qu'un
œuf, qu'on avait tirée à un noir du pays.
J'y ai vu des paralytiques et des goutteux
très-tourmentés, des épileptiques saisis de
leurs accès. Les enfants et les noirs sont
très-sujets aux vers. Les maladies vénériennes
produisent des *crabes* dans ceux-ci : ce sont
des crevasses douloureuses qui viennent sous
la plante des pieds. L'air y est bon comme
en Europe ; mais il n'a en lui aucune qualité
médicinale : je ne conseille pas même aux

goutteux d'y venir, car j'en ai vu rester plus de six mois de suite au lit.

Les tempéraments sont sensiblement altérés aux révolutions des saisons. On y est sujet aux fièvres bilieuses, et la chaleur occasione aussi des descentes; mais avec de la tempérance et des bains, on se porte bien. J'observe cependant qu'on jouit dans les pays froids d'une santé plus forte, et d'un esprit plus vigoureux : il est même très-singulier que l'histoire ne parle d'aucun homme célèbre né entre les deux tropiques, excepté Mahomet.

~~~~~~

LETTRE XI.

MŒURS DES HABITANTS BLANCS.

L'ILE-DE-FRANCE était déserte lorsque Mascarenhas la découvrit. Les premiers Français qui s'y établirent, furent quelques cultivateurs de Bourbon. Ils y apportèrent une grande simplicité de mœurs, de la bonne foi, l'amour de l'hospitalité, et même de l'indifférence pour les richesses. M. de La Bourdonnais, qui est en quelque sorte le fondateur de cette colonie, y amena des ouvriers, bonne espèce d'hommes, et quelques mauvais sujets que leurs parents y avaient fait passer; il les força d'être utiles.

Lorsqu'il eut rendu cette île intéressante par ses travaux, et qu'on la crut propre à devenir l'entrepôt du commerce de l'Inde, il y vint des gens de tout état.

D'abord des employés de la Compagnie.

Comme les premiers emplois de l'île étaient exercés par eux, ils y vécurent à-peu-près comme les nobles à Venise. Ils joignirent à ces mœurs aristocratiques, un peu de cet esprit financier qui effarouche tant l'agriculteur. Tous les moyens d'établissement étaient entre leurs mains. Ils avaient à-la-fois la police, l'administration et les magasins. Quelques-uns faisaient défricher et bâtir, et ils revendaient leurs travaux assez cher à ceux qui cherchaient fortune. On cria contre eux; mais ils étaient tout-puissants.

Il s'y établit des marins de la Compagnie, qui depuis long-temps ne peuvent pas concevoir que les dangers et la peine du commerce des Indes soient pour eux, tandis que les honneurs et le profit sont pour d'autres. Cet établissement, voisin des Indes, faisant naître de grandes espérances, ils s'y arrêtèrent; ils étaient mécontents avant de s'y établir, ils le furent encore après.

Il y vint des officiers militaires de la Compagnie. C'étaient de braves gens, dont plusieurs avaient de la naissance. Ils ne pouvaient pas imaginer qu'un militaire pût s'a-

baisser à aller prendre l'ordre d'un homme
qui, quelquefois, avait été garçon de comp-
toir : passe pour en recevoir sa paye. Ils n'aimaient pas les marins, qui sont trop décisifs :
en se faisant habitants, ils ne changèrent
point d'esprit, et ne firent pas fortune.

Quelques régiments du roi y relâchèrent,
et même y séjournèrent. Des officiers, sé-
duits par la beauté du ciel et par l'amour du
repos, s'y fixèrent. Tout ployait sous le nom
de la Compagnie. Ce n'étaient plus de ces
distinctions de garnison qui flattent tant l'officier subalterne : chacun avait là ses préten-
tions ; on les regardait presque comme des
étrangers. Ce furent de grandes clameurs au
nom du roi.

Il y était venu des missionnaires de Saint-
Lazare, qui avaient gouverné paisiblement les
hommes simples qui s'étaient les premiers établis ; mais quand ils virent que la société, en
s'augmentant, se divisait, ils s'en tinrent à
leurs fonctions curiales, et à quelques bonnes
habitations : ils n'allaient chez les autres que
quand ils y étaient appelés.

Il y passa quelques marchands avec un peu

d'argent. Dans une île sans commerce, ils augmentèrent les abus d'un agio qu'ils y trouvèrent établi, et se livrèrent à de petits monopoles. Ils ne tardèrent pas à se rendre odieux à ces différentes classes d'hommes qui ne pouvaient se souffrir : on les désigna sous le nom de Banians ; c'est comme qui dirait Juifs. D'un autre côté, ils affectèrent de mépriser les distinctions particulières de chaque habitant, prétendant qu'après avoir passé la Ligne, tout le monde était à-peu-près égal.

Enfin la dernière guerre de l'Inde y jeta, comme une écume, des banqueroutiers, des libertins ruinés, des fripons, des scélérats, qui, chassés de l'Europe par leurs crimes, et de l'Asie par nos malheurs, tentèrent d'y rétablir leur fortune sur la ruine publique. A leur arrivée, les mécontentements généraux et particuliers augmentèrent ; toutes les réputations furent flétries avec un art d'Asie inconnu à nos calomniateurs ; il n'y eut plus de femme chaste ni d'homme honnête ; toute confiance fut éteinte, toute estime détruite. Ils parvinrent ainsi à décrier tout le monde, pour mettre tout le monde à leur niveau.

15

Comme leurs espérances ne se fondaient que sur le changement d'administration, ils vinrent enfin à bout de dégoûter la Compagnie, qui céda au roi, en 1765, une colonie si orageuse et si dispendieuse.

Pour cette fois on crut que la paix et l'ordre allaient régner dans l'île ; mais on n'avait fait qu'ajouter de nouveaux levains à la fermentation.

Il y débarqua un grand nombre de protégés de Paris, pour faire fortune dans une île inculte et sans commerce, où il n'y avait que du papier pour toute monnaie. Ce fut des mécontents d'une autre espèce.

Une partie des habitants, qui restaient attachés à la Compagnie par reconnaissance, virent avec peine l'administration royale. L'autre portion, qui avait compté sur les faveurs du nouveau gouvernement, voyant qu'il ne s'occupait que de plans économiques, fut d'autant plus aigrie, qu'elle avait espéré plus long-temps.

A ces nouveaux schismes se joignirent le dissensions de plusieurs corps, qui, en France même, ne peuvent se concilier, dans la ma

rine du roi, la plume et l'épée ; et enfin l'esprit de chacun des corps militaires et d'administration, lequel n'étant point, comme en
Europe, dissipé par les plaisirs ou par les affaires générales, s'isole et se nourrit de ses
propres inquiétudes.

La discorde règne dans toutes les classes,
et a banni de cette île l'amour de la société,
qui semble devoir régner parmi des Français
exilés au milieu des mers, aux extrémités du
monde. Tous sont mécontents, tous voudraient
faire fortune et s'en aller bien vite. A les entendre, chacun s'en va l'année prochaine. Il
y en a qui, depuis trente ans, tiennent ce
langage.

L'officier qui arrive d'Europe, y perd bientôt l'émulation militaire. Pour l'ordinaire il
a peu d'argent, et il manque de tout : sa case
n'a point de meubles; les vivres sont très-
chers en détail; il se trouve seul consomma-
teur entre l'habitant et le marchand, qui
renchérissent à l'envi. Il fait d'abord contre
eux une guerre défensive; il achète en gros;
il songe à profiter des occasions, car les marchandises haussent au double après le départ

des vaisseaux. Le voilà occupé à saisir tous les moyens d'acheter à bon marché. Quand il commence à jouir des fruits de son écono- mie, il pense qu'il est expatrié, pour un temps illimité, dans un pays pauvre : l'oisiveté, le défaut de société, l'appât du commerce, l'en- gagent à faire par intérêt ce qu'il avait fait par nécessité. Il y a sans doute des exceptions, et je les citerais avec plaisir, si elles n'étaient pas un peu nombreuses. M. de Steenhovre, le commandant, y donne l'exemple de toutes les vertus.

Les soldats fournissent beaucoup d'ou- vriers, car la chaleur permet aux blancs d'y travailler en plein air. On n'a pas tiré d'eux, pour le bien de cette colonie, un parti avan- tageux. Souvent, dans les recrues qu'on en- voie d'Europe, il se trouve des misérables, coupables des plus grands crimes. Je ne con- çois pas la politique d'imaginer que ceux qui troublent une société ancienne, peuvent ser- vir à en faire fleurir une nouvelle. Souvent le désespoir prend ces malheureux; ils s'as- sassinent entre eux à coups de baïonnette.

Quoique les marins ne fassent qu'aller et

venir, ils ne laissent pas d'influer beaucoup sur les mœurs de cette colonie. Leur politique est de se plaindre des lieux d'où ils sont partis, et de ceux où ils arrivent. A les entendre, le bon temps est passé, ils sont toujours ruinés : ils ont acheté fort cher et vendu à perte. La vérité est qu'ils croient n'avoir fait aucun bénéfice, s'ils n'ont vendu à cent cinquante pour cent : la barrique de vin de Bordeaux coûté jusqu'à cinq cents livres ; le reste à proportion. On ne croirait jamais que les marchandises de l'Europe se paient plus ici qu'aux Indes, et celles des Indes plus qu'en Europe. Les marins sont fort considérés des habitants, parce qu'ils en ont besoin. Leurs murmures, leurs allées et venues perpétuelles, donnent à cette île quelque chose des mœurs d'une auberge.

De tant d'hommes de différents états, résulte un peuple de différentes nations, qui se haïssent très-cordialement. On n'y estime que la fausseté. Pour y désigner un homme d'esprit, on dit : C'est un homme fin. C'est un éloge qui ne convient qu'à des renards. La finesse est un vice, et malheur à la société

15*

où il devient une qualité estimable. D'un autre côté, on n'y aime point les gens méfiants. Cela paraît se contredire ; mais c'est qu'il n'y a rien à gagner avec des gens qui sont sur leurs gardes. Le méfiant déconcerte les fripons et les repousse. Ils se rassemblent auprès de l'homme fin : ils l'aident à faire des dupes.

On y est d'une insensibilité extrême pour tout ce qui fait le bonheur des ames honnêtes. Nul goût pour les lettres et les arts. Les sentiments naturels y sont dépravés : on regrette la patrie à cause de l'Opéra et des filles ; souvent ils sont éteints : j'étais un jour à l'enterrement d'un habitant considérable, où personne n'était affligé ; j'entendis son beau-frère remarquer qu'on n'avait pas fait la fosse assez profonde.

Cette indifférence s'étend à tout ce qui les environne. Les rues et les cours ne sont ni pavées ni plantées d'arbres ; les maisons sont des pavillons de bois, que l'on peut aisément transporter sur des rouleaux ; il n'y a, aux fenêtres, ni vitres ni rideaux ; à peine y trouve-t-on quelques mauvais meubles.

Les gens oisifs se rassemblent sur la place, à midi et au soir; là, on agiote, on médit, on calomnie. Il y a très-peu de gens mariés à la ville. Ceux qui ne sont pas riches, s'excusent sur la médiocrité de leur fortune : les autres veulent, disent-ils, s'établir en France ; mais la facilité de trouver des concubines parmi les négresses, en est la véritable raison. D'ailleurs, il y a peu de partis avantageux : il est rare de trouver une fille qui apporte dix mille francs comptant en mariage.

La plupart des gens mariés vivent sur leurs habitations. Les femmes ne viennent guère à la ville que pour danser ou faire leurs pâques. Elles aiment la danse avec passion. Dès qu'il y a un bal, elles arrivent en foule, voiturées en palanquin. C'est une espèce de litière, enfilée d'un long bambou, que quatre noirs portent sur leurs épaules : quatre autres les suivent pour les relayer. Autant d'enfants, autant de voitures attelées de huit hommes, y compris les relais. Les maris économes s'opposent à ces voyages, qui dérangent les travaux de l'habitation ; mais, faute de chemins, il ne peut y avoir de voitures roulantes.

Les femmes ont peu de couleur, elles sont bien faites, et la plupart jolies. Elles ont naturellement de l'esprit : si leur éducation était moins négligée, leur société serait fort agréable; mais j'en ai connu qui ne savaient pas lire. Chacune d'elles pouvant réunir à la ville un grand nombre d'hommes, les maîtresses de maison se soucient peu de se voir hors le temps du bal. Lorsqu'elles sont rassemblées, elles ne se parlent point. Chacune d'elles apporte quelque prétention secrète, qu'elles tirent de la fortune, des emplois ou de la naissance de leurs maris; d'autres comptent sur leur beauté ou leur jeunesse; une Européenne se croit supérieure à une créole, et celle-ci regarde souvent l'autre comme une aventurière.

Quoi qu'en dise la médisance, je les crois plus vertueuses que les hommes, qui ne les négligent que trop souvent pour des esclaves noires. Celles qui ont de la vertu, sont d'autant plus louables, qu'elles ne la doivent point à leur éducation. Elles ont à combattre la chaleur du climat, quelquefois l'indifférence de leurs maris, et souvent l'ardeur et la prodi-

galité des jeunes marins : si l'hymen donc se
plaint de quelques infidélités, la faute en est
à nous, qui avons porté des mœurs françaises
sous le ciel de l'Afrique.

Au reste, elles ont des qualités domestiques
très-estimables, elles sont fort sobres, ne
boivent presque jamais que de l'eau. Leur
propreté est extrême dans leurs habits. Elles
sont habillées de mousseline, doublée de taf-
fetas couleur de rose. Elles aiment passionnément leurs enfants. A peine sont-ils nés,
qu'ils courent tout nus dans la maison ; jamais
de maillot ; on les baigne souvent ; ils mangent des fruits à discrétion ; point d'étude,
point de chagrin : en peu de temps, ils deviennent forts et robustes. Le tempérament
s'y développe de bonne heure dans les
deux sexes ; j'y ai vu marier des filles à onze
ans.

Cette éducation, qui se rapproche de la nature, leur en laisse toute l'ignorance ; mais
les vices des négresses, qu'ils sucent avec
leur lait, et leurs fantaisies, qu'ils exercent avec
tyrannie sur les pauvres esclaves, y ajoutent
toute la dépravation de la société. Pour remé-

dier à ce mal, les gens aisés font passer de
bonne heure leurs enfants en France, d'où ils
reviennent souvent avec des vices plus aimables et plus dangereux.

On ne compte guère que quatre cents cultivateurs dans l'île. Il y a environ cent femmes
d'un certain état, dont tout au plus dix restent à la ville. Vers le soir, on va en visite
dans leurs maisons : on joue, ou l'on s'en-
nuie. Au coup de canon de huit heures, chacun se retire et va souper chez soi.

Adieu, mon ami; en parlant des hommes,
il me fâche de n'avoir que des satires à faire.

Au Port-Louis de l'Ile-de-France, ce 10 février 1769.

LETTRE XII.

DES NOIRS.

Dans le reste de la population de cette île, on compte les Indiens et les nègres.

Les premiers sont les Malabares. C'est un peuple fort doux. Ils viennent de Pondichéry, où ils se louent pour plusieurs années. Ils sont presque tous ouvriers ; ils occupent un faubourg, appelé le Camp-des-Noirs. Ce peuple est d'une teinte plus foncée que les insulaires de Madagascar, qui sont de véritables nègres ; mais leurs traits sont réguliers comme ceux des Européens, et ils n'ont point les cheveux crépus. Ils sont assez sobres, fort économes, et aiment passionnément les femmes. Ils sont coiffés d'un turban, et portent de longues robes de mousseline, de grands anneaux d'or aux oreilles, et des bra-

celets d'argent aux poignets. Il y en a qui se
louent aux gens riches, ou titrés, en qualité
de *pions*. C'est une espèce de domestique
qui fait à-peu-près l'office de nos coureurs,
excepté qu'il fait toutes ses commissions fort
gravement. Il porte, pour marque de distinction, une canne à la main et un poignard à la
ceinture. Il serait à souhaiter qu'il y eût un
grand nombre de Malabares établis dans l'île,
sur-tout de la caste des laboureurs; mais je
n'en ai vu aucun qui voulût se livrer à l'agriculture.

C'est à Madagascar qu'on va chercher les
noirs destinés à la culture des terres. On
achète un homme pour un baril de poudre,
pour des fusils, des toiles, et sur-tout des
piastres. Le plus cher ne coûte guère que
cinquante écus.

Cette nation n'a ni le nez si écrasé, ni la
teinte si noire que les nègres de Guinée. Il
y en a même qui ne sont que bruns; quelques-uns, comme les Balambous, ont les
cheveux longs. J'en ai vu de blonds et de roux.
Ils sont adroits, intelligents, sensibles à
l'honneur et à la reconnaissance. La plus

grande insulte qu'on puisse faire à un noir,
est d'injurier sa famille : ils sont peu sensibles aux injures personnelles. Ils font dans
leur pays, quantité de petits ouvrages avec
beaucoup d'industrie. Leur zagaie, ou demi-
pique, est très-bien forgée, quoiqu'ils n'aient
que des pierres pour enclume et pour marteau. Leur toiles, ou pagnes, que leurs femmes ourdissent, sont très-fines et bien teintes.
Ils les tournent autour d'eux avec grace. Leur
coiffure est une frisure très-composée ; ce
sont des étages de boucles et de tresses entre-
mêlées avec beaucoup d'art : c'est encore l'ouvrage des femmes. Ils aiment passionnément
la danse et la musique. Leur instrument est
le tam-tam ; c'est une espèce d'arc, où est
adaptée une calebasse. Ils en tirent une sorte
d'harmonie douce, dont ils accompagnent
les chansons qu'ils composent : l'amour
en est toujours le sujet. Les filles dansent
aux chansons de leurs amants ; les spectateurs
battent la mesure, et applaudissent.

Ils sont très-hospitaliers. Un noir, qui
voyage, entre, sans être connu, dans la première cabane ; ceux qu'il y trouve partagent

16

leurs vivres avec lui : on ne lui demande ni
d'où il vient, ni où il va; c'est leur usage.

Ils arrivent avec ces arts et ces mœurs à l'Ile-
de-France. On les débarque tout nus avec un
chiffon autour des reins. On met les hommes
d'un côté, et les femmes à part, avec leurs
petits enfants, qui se pressent, de frayeur,
contre leurs mères. L'habitant les visite par-
tout, et achète ceux qui lui conviennent. Les
frères, les sœurs, les amis, les amants sont
séparés ; ils se font leurs adieux en pleurant,
et partent pour l'habitation. Quelquefois ils
se désespèrent ; ils s'imaginent que les blancs
les vont manger; qu'ils font du vin rouge
avec leur sang, et de la poudre à canon avec
leurs os.

Voici comme on les traite. Au point du
jour trois coups de fouet sont le signal qui les
appelle à l'ouvrage. Chacun se rend avec sa
pioche dans les plantations, où ils travaillent
presque nus à l'ardeur du soleil. On leur
donne pour nourriture du maïs broyé, cuit à
l'eau, ou des pains de manioc; pour habit
un morceau de toile. A la moindre négligence
on les attache, par les pieds et par les mains

sur une échelle ; le commandeur, armé d'un fouet de poste, leur donne sur le derrière nu cinquante, cent, et jusqu'à deux cents coups. Chaque coup enlève une portion de la peau. Ensuite on détache le misérable tout sanglant ; on lui met au cou un collier de fer à trois pointes, et on le ramène au travail. Il y en a qui sont plus d'un mois avant d'être en état de s'asseoir. Les femmes sont punies de la même manière.

Le soir, de retour dans leurs cases, on les fait prier Dieu pour la prospérité de leurs maîtres. Avant de se coucher, ils leur souhaitent une bonne nuit.

Il y a une loi faite en leur faveur, appelée le Code noir. Cette loi favorable ordonne qu'à chaque punition ils ne recevront pas plus de trente coups ; qu'ils ne travailleront pas le dimanche ; qu'on leur donnera de la viande toutes les semaines, des chemises tous les ans ; mais on ne suit point la loi. Quelquefois, quand ils sont vieux, on les envoie chercher leur vie comme ils peuvent. Un jour j'en vis un, qui n'avait que la peau et les os, découper la chair d'un cheval mort pour la manger; c'était un squelette qui en dévorait un autre.

Quand les Européens paraissent émus, les habitants leur disent qu'ils ne connaissent pas les noirs. Ils les accusent d'être si gourmands, qu'ils vont la nuit enlever des vivres dans les habitations voisines; si paresseux, qu'ils ne prennent aucun intérêt aux affaires de leurs maîtres, et que leurs femmes aiment mieux se faire avorter que de mettre des enfants au monde; tant elles deviennent misérables dès qu'elles sont mères de famille!

Le caractère des nègres est naturellement enjoué; mais après quelque temps d'esclavage, ils deviennent mélancoliques. L'amour seul semble encore charmer leurs peines. Ils font ce qu'ils peuvent pour obtenir une femme. S'ils ont le choix, ils préfèrent celles qui ont passé la première jeunesse : ils disent qu'*elles font mieux la soupe*. Ils lui donnent tout ce qu'ils possèdent. Si leur maîtresse demeure chez un autre habitant, ils feront, la nuit, trois ou quatre lieues dans des chemins impraticables pour l'aller voir. Quand ils aiment, ils ne craignent ni la fatigue ni les châtiments. Quelquefois ils se donnent des rendez-vous au milieu de la nuit; ils dansent à l'abri de quelque rocher, au son lugubre d'une calebasse remplie de pois : mais la vue d'un blanc ou l'aboiement de son chien dissipe ces assemblées nocturnes.

Ils ont aussi des chiens avec eux. Tout le monde sait que ces animaux reconnaissent parfaitement dans les ténèbres, non-seulement les blancs, mais les chiens mêmes des blancs. Ils ont pour eux de la crainte et de l'aversion : ils hurlent dès qu'ils approchent. Ils n'ont d'indulgence que pour les noirs et leurs compagnons, qu'ils ne décèlent jamais. Les chiens des blancs, de leur côté, ont adopté les sentiments de leurs maîtres, et, au moindre signal, ils se jettent avec fureur sur les esclaves.

Enfin, lorsque les noirs ne peuvent plus supporter leur sort, ils se livrent au désespoir : les uns se pendent ou s'empoisonnent; d'autres se mettent dans une pirogue, et sans voiles, sans vivres, sans boussole, se hasardent à faire un trajet de deux cents lieues de mer pour retourner à Madagascar. On en a vu aborder; on les a repris, et rendus à leurs maîtres.

16*

Pour l'ordinaire ils se réfugient dans les bois, où on leur donne la chasse avec des détachements de soldats, de nègres et de chiens; il y a des habitants qui s'en font une partie de plaisir. On les relance comme des bêtes sauvages; lorsqu'on ne peut les atteindre, on les tire à coups de fusil : on leur coupe la tête, on la porte en triomphe à la ville, au bout d'un bâton. Voilà ce que je vois presque toutes les semaines.

Quand on attrape les noirs fugitifs, on leur coupe une oreille, et on les fouette. A la seconde désertion, ils sont fouettés, on leur coupe un jarret, on les met à la chaîne. A la troisième fois, ils sont pendus; mais alors on ne les dénonce pas : les maîtres craignent de perdre leur argent.

J'en ai vu pendre et rompre vifs; ils allaient au supplice avec joie, et le supportaient sans crier. J'ai vu une femme se jeter elle-même du haut de l'échelle. Ils croient qu'ils trouveront dans un autre monde, une vie plus heureuse, et que le Père des hommes n'est pas injuste comme eux.

Ce n'est pas que la religion ne cherche à

les consoler. De temps en temps on en bap-
tise. On leur dit qu'ils sont devenus frères
des blancs, et qu'ils iront en paradis. Mais ils
ne sauraient croire que les Européens puissent jamais les mener au ciel ; ils disent qu'ils
sont sur la terre la cause de tous leurs maux.
Ils disent qu'avant d'aborder chez eux, ils se
battaient avec des bâtons ferrés ; que nous
leur avons appris à se tuer de loin avec du
feu et des balles ; que nous excitons parmi
eux la guerre et la discorde, afin d'avoir des
esclaves à bon marché ; qu'ils suivaient sans
crainte l'instinct de la nature ; que nous les
avons empoisonnés par des maladies terribles ;
que nous les laissons souvent manquer d'habits, de vivres, et qu'on les bat cruellement
sans raison. J'en ai vu plus d'un exemple.
Une esclave, presque blanche, vint, un jour,
se jeter à mes pieds : sa maîtresse la faisait
lever de grand matin et veiller fort tard ; lorsqu'elle s'endormait, elle lui frottait les lèvres
d'ordures ; si elle ne se léchait pas, elle la
faisait fouetter. Elle me priait de demander
sa grace, que j'obtins. Souvent les maîtres
l'accordent, et deux jours après, ils doublent

la punition. C'est ce que j'ai vu chez un conseiller dont les noirs s'étaient plaints au gouverneur : il m'assura qu'il les ferait écorcher
le lendemain de la tête aux pieds.

J'ai vu, chaque jour, fouetter des hommes
et des femmes pour avoir cassé quelque pote-
rie, oublié de fermer une porte; j'en ai vu
de tout sanglants, frottés de vinaigre et de
sel pour les guérir; j'en ai vu sur le port,
dans l'excès de leur douleur, ne pouvoir plus
crier; d'autres mordre le canon sur lequel on
les attache....... Ma plume se lasse d'écrire
ces horreurs; mes yeux sont fatigués de les
voir, et mes oreilles de les entendre. Que
vous êtes heureux! quand les maux de la
ville vous blessent, vous fuyez à la campagne. Vous y voyez de belles plaines, des
collines, des hameaux, des moissons, des
vendanges, un peuple qui danse et qui chante;
l'image, au moins, du bonheur! Ici, je vois
de pauvres négresses courbées sur leurs bê-
ches avec leurs enfants nus collés sur le dos,
des noirs qui passent en tremblant devant
moi; quelquefois j'entends au loin le son de
leur tambour, mais plus souvent celui des

fouets qui éclatent en l'air comme des coups
de pistolet, et des cris qui vont au cœur.....
Grace, Monsieur!..... Miséricorde! Si je
m'enfonce dans les solitudes, j'y trouve une
terre raboteuse, tout hérissée de roches, des
montagnes portant au-dessus des nuages leurs
sommets inaccessibles, et des torrents qui se
précipitent dans des abymes. Les vents qui
grondent dans ces vallons sauvages, le bruit
sourd des flots qui se brisent sur les récifs,
cette vaste mer qui s'étend au loin vers des
régions inconnues aux hommes, tout me jette
dans la tristesse, et ne porte dans mon ame
que des idées d'exil et d'abandon.

Au Port-Louis de l'Ile-de-France, ce 25 avril 1769.

———

P. S. Je ne sais pas si le café et le sucre
sont nécessaires au bonheur de l'Europe ;
mais je sais bien que ces deux végétaux ont
fait le malheur de deux parties du monde.
On a dépeuplé l'Amérique afin d'avoir une
terre pour les planter ; on dépeuple l'Afrique
afin d'avoir une nation pour les cultiver.

Il est, dit-on, de notre intérêt de cultiver des denrées qui nous sont devenues néces-saires, plutôt que de les acheter de nos voi-sins. Mais puisque les charpentiers, les cou-vreurs, les maçons et les autres ouvriers eu-ropéens, travaillent ici en plein soleil, pour-quoi n'y a-t-on pas des laboureurs blancs? Mais que deviendraient les propriétaires ac-tuels? Ils deviendraient plus riches. Un habi-tant serait à son aise avec vingt fermiers, il est pauvre avec vingt esclaves. On en compte ici vingt mille, qu'on est obligé de renouveler tous les ans d'un dix-huitième. Ainsi la co-lonie, abandonnée à elle-même, se détrui-rait au bout de dix-huit ans; tant il est vrai qu'il n'y a point de population sans liberté et sans propriété, et que l'injustice est une mau-vaise ménagère!

On dit que le Code noir est fait en leur fa-veur. Soit; mais la dureté des maîtres excède les punitions permises, et leur avarice sous-trait la nourriture, le repos et les récom-penses qui sont dues. Si ces malheureux vou-laient se plaindre, à qui se plaindraient-ils? leurs juges sont souvent leurs premiers tyrans.

Mais on ne peut contenir, dit-on, que par une grande sévérité ce peuple d'esclaves : il faut des supplices, des colliers de fer à trois crochets, des fouets, des blocs où on les attache par le pied, des chaînes qui les prennent par le cou : il faut les traiter comme des bêtes, afin que les blancs puissent vivre comme des hommes..... Ah! je sais bien que quand on a une fois posé un principe très-injuste, on n'en tire que des conséquences très-inhumaines.

Ce n'était pas assez pour ces malheureux d'être livrés à l'avarice et à la cruauté des hommes les plus dépravés, il fallait encore qu'ils fussent le jouet de leurs sophismes.

Des théologiens assurent que pour un esclavage temporel, ils leur procurent une liberté spirituelle. Mais la plupart sont achetés dans un âge où ils ne peuvent jamais apprendre le français, et les missionnaires n'apprennent point leur langue. D'ailleurs ceux qui sont baptisés sont traités comme les autres.

Ils ajoutent qu'ils ont mérité les châtiments du ciel, en se vendant les uns les autres.

Est-ce donc à nous à être leurs bourreaux?
Laissons les vautours détruire les milans.

Des politiques ont excusé l'esclavage, en
disant que la guerre le justifiait. Mais les noirs
ne nous la font point. Je conviens que les lois
humaines le permettent : au moins devrait-on
se renfermer dans les bornes qu'elles pres-
crivent.

Je suis fâché que des philosophes qui com-
battent les abus avec tant de courage, n'aient
guère parlé de l'esclavage des noirs que pour
en plaisanter. Ils se détournent au loin. Ils
parlent de la Saint-Barthélemy, du massacre
des Mexicains par les Espagnols; comme si
ce crime n'était pas celui de nos jours, et auquel la moitié de l'Europe prend part. Y a-t-il
donc plus de mal à tuer tout d'un coup des
gens qui n'ont pas nos opinions, qu'à faire
le tourment d'une nation à qui nous devons
nos délices ? Ces belles couleurs de rose et de
feu dont s'habillent nos dames, le coton dont
elles ouatent leurs jupes; le sucre, le café,
le chocolat de leur déjeuner; le rouge dont
elles relèvent leur blancheur : la main des
malheureux noirs a préparé tout cela pour

elles. Femmes sensibles, vous pleurez aux
tragédies, et ce qui sert à vos plaisirs est
mouillé des pleurs et teint du sang des
hommes!

————

~~~~~~

LETTRE XIII.

AGRICULTURE. HERBES, LÉGUMES ET FLEURS APPORTÉS DANS L'ÎLE.

LE gouvernement a fait apporter la plupart
des plantes, des arbres et des animaux que je
vais décrire. Quelques habitants y ont contri-
bué, entre autres MM. de Cossigny, Poivre,
Hermans, et le Juge. J'eusse désiré savoir le
nom des autres, afin de leur rendre l'honneur
qu'ils méritent. Le don d'une plante utile me
paraît plus précieux que la découverte d'une
mine d'or, et un monument plus durable
qu'une pyramide.

Voici dans quel ordre je les dispose. 1° Les
plantes qui se reproduisent d'elles-mêmes,
et qui se sont comme naturalisées dans la
campagne. 2° Celles qu'on cultive dans la
campagne. 3° Les herbes des jardins potagers.

4° Celles des jardins à fleurs. Je suivrai le même plan pour les arbrisseaux et les arbres. De ceux que je connais, je n'en omettrai aucun. On ne doit pas dédaigner de décrire ce que la nature n'a pas dédaigné de former.

1° Plantes sauvages.

On trouve dans quelques plaines voisines de la ville une espèce d'indigo, que je crois étranger à l'île. On n'en tire aucun parti.

Le pourpier croît dans les lieux sablonneux ; il peut être naturel au pays : je serais assez porté à le croire, en ce qu'il est de la famille des plantes grasses. La nature paraît avoir destiné cette classe, qui croît dans les lieux les plus arides, à faciliter d'autres végétations.

Le cresson se trouve dans tous les ruisseaux. On l'a apporté il y a dix ans. La dent-de-lion ou pissenlit et l'absinthe, croissent volontiers dans les décombres et sur les terres remuées ; mais sur-tout la molène y étale ses larges feuilles cotonnées, et y élève sa girandole de fleurs jaunes à une hauteur extraordinaire.

La squine (qui n'est pas la plante de Chine

de ce nom) est un gramen de la grandeur
des plus beaux seigles. Elle s'étend chaque
jour en étouffant les autres herbes. Elle a le
défaut d'être coriace lorsqu'elle est sèche. Il
faudrait la couper avant sa maturité. Elle
n'est verte que cinq mois de l'année, ensuite
on y met le feu, malgré les ordonnances. Ces
incendies brûlent et dessèchent les lisières
des bois.

L'herbe blanche (ainsi nommée de la couleur de sa fleur) a été apportée comme un
bon fourrage. Aucun animal n'en peut manger. Sa graine ressemble à celle du cerfeuil;
elle se multiplie si vite, qu'elle est devenue
un des fléaux de l'agriculture.

La brette, dont le nom, en langue in-
dienne, signifie *une feuille bonne à manger*, est une espèce de morelle. Il y en a de
deux sortes; l'une appelée brette de Madagascar. Sa feuille est un peu épineuse, mais
douce au goût; c'est un aliment purgatif.
L'autre, d'un usage plus commun, se sert
sur les tables comme les épinards. C'est le
seul mets à la discrétion des noirs; il croît
par-tout : l'eau où cette feuille a bouilli est

fort amère ; ils y trempent leur manioc, et ils y mêlent leurs larmes.

2° Plantes que l'on cultive à la campagne.

Le manioc, dont on distingue une seconde espèce appelée camaignoc. Il vient dans les lieux les plus secs ; son suc a perdu sa qualité vénéneuse : c'est une sorte d'arbrisseau, dont la feuille est palmée comme celle du chanvre. Sa racine est grosse et longue comme le bras : on la râpe, et, sans la presser, on en fait des gâteaux fort lourds. On en donne trois livres par jour à chaque nègre pour toute nourriture. Ce végétal se multiplie aisément. M. de La Bourdonnais l'a fait venir d'Amérique. C'est une plante fort utile, en ce qu'elle est à l'abri des ouragans, et qu'elle assure la subsistance des nègres. Les chiens n'en veulent point.

Le maïs, ou blé turc, y vient très-beau : c'est un grain précieux ; il rapporte beaucoup, et ne se garde qu'un an, parce que les mites s'y mettent. On devrait encourager en Europe la culture d'un blé qu'on ne peut emmagasiner. Il sert à nourrir les noirs, les poules et les bestiaux. Observez que quelques habitants

17*

font de grands éloges du maïs et du manioc,
mais ils n'en mangent point. J'en ai vu présenter de petits gâteaux au dessert. Quand il
y a beaucoup de sucre, de farine de froment
et de jaunes d'œuf, ils sont assez bons.

Le blé y croît bien : il ne s'élève pas à une
grande hauteur. On le plante par grain, à la
main, à cause des rochers; on le coupe avec
des couteaux, et on le bat avec des baguettes.
Il ne se garde guère plus de deux ans. Au
rapport de Pline, en Barbarie et en Espagne
on le mettait avec son épi dans des trous en
terre, en prenant garde d'y introduire de
l'air. Varron dit qu'on le conservait ainsi cinquante ans, et le millet un siècle. Pompée
trouva, à Ambracia, des fèves gardées de
cette manière du temps de Pyrrhus; ce qui
faisait près de cent vingt ans. Mais Pline ne
veut pas que la terre soit cultivée par des
forçats ou des esclaves, *qui ne font*, dit-il,
rien qui vaille. Quoique la farine du blé de
l'Ile-de-France ne soit jamais bien blanche,
j'en préfère le pain à celui des farines d'Europe qui s'éventent ou s'échauffent toujours
dans le voyage.

Le riz, le meilleur et peut-être le plus sain des aliments, y réussit très-bien. Il se garde plus long-temps que le blé, et rapporte davantage. Il aime les lieux humides. Il y en a de plus de sept espèces en Asie, dont une croît dans les lieux secs ; il serait à souhaiter qu'elle fût cultivée en Europe, à cause de sa fertilité.

Le petit mil rapporte dans une abondance prodigieuse. On ne le donne guère qu'aux noirs et aux animaux. L'avoine y réussit, mais on en cultive peu. Tout ce qui ne sert qu'au bien-être des esclaves et des bêtes y est fort négligé.

Le tabac n'y est pas d'une bonne qualité. Il n'y a que les nègres qui en cultivent pour leur usage.

La fataque est un gramen à larges feuilles, de la nature d'un petit roseau. On en fait de bonnes prairies artificielles. Il vient de Madagascar.

On a essayé, mais sans succès, d'y faire croître le sainfoin, le trèfle, le lin, le chanvre et le houblon.

3° Plantes potagères.

Viendront, 1° celles qui sont utiles par leurs fruits; 2° par leurs feuilles ou tiges; 3° par leurs racines ou bulbes.

Vous observerez que la plupart de nos légumes y dégénèrent, et que tous les ans ceux qui ont envie d'en avoir de passables, font venir des graines de l'Europe ou du cap de Bonne-Espérance. Les petits pois sont coriaces et sans sucre; les haricots sont durs : il y en a une espèce plus grande et plus tendre, appelée pois du Cap; elle mériterait d'être connue en France. Une autre espèce de haricot, dont on fait des tonnelles : on hache sa gousse en vert, et on l'accommode en petits pois; il n'est pas mauvais. La fève de marais y vient assez bien. On fait des berceaux avec les rameaux d'une fève dont la gousse est longue d'un pied : son grain est fort gros, on n'en fait point usage.

Les artichauts y poussent de grandes feuilles et de petits fruits. Les cardons y sont toujours coriaces; on en fait des haies; car ils sont fort épineux, et s'élèvent très-haut.

Le giraumont est une citrouille moins grosse que la nôtre, et je crois, s'il est possible, encore plus fade. Le concombre est plus petit, et vient en moindre quantité qu'en Europe. Le melon n'y vaut rien, quoique vanté parce qu'il y est rare ; la pastèque, ou melon d'eau, est un peu meilleure : le ciel leur est favorable ; mais le sol, qui est tenace, leur est contraire. Il y croît des courges d'une grosseur énorme, et d'une utilité préférable : c'est la vaisselle des noirs.

La bringelle ou aubergine de deux espèces. L'une à petit fruit rond et jaune ; sa tige est fort épineuse : elle vient de Madagascar. L'autre, que l'on connaît aussi à Paris, est un fruit violet, de la grosseur et de la forme d'une grosse figue. Quand ce fruit est bien assaisonné et bien grillé, il n'est pas mauvais.

Il y a deux sortes de piments ; celui qui est connu en Europe, et un autre qui est naturel au pays ; celui-ci est un arbrisseau dont les fruits sont très-petits, et brillent comme des grains de corail sur un feuillage du plus beau vert. Les créoles l'emploient dans tous leurs ragoûts. Il n'y a point de poivre si violent ; il brûle les lèvres comme un caustique. On l'appelle piment enragé.

L'ananas, le plus beau des fruits, par les mailles de sa cuirasse, par son panache teint en pourpre, et par son odeur de violette, n'y mûrit jamais parfaitement. Son suc est très-froid et dangereux à l'estomac. Son écorce a un goût fort poivré et brûlant; c'est peut-être un correctif. La nature a mis souvent les contraires dans les mêmes sujets : l'écorce du citron échauffe, son suc rafraîchit; le cuir de la grenade resserre, ses grains relâchent, etc.

Les fraises commencent à se multiplier dans les endroits frais. Elles ont moins de parfum et de sucre que les nôtres; elles produisent peu, ainsi que le framboisier, dont le fruit a dégénéré. Il y en a une très-belle espèce de Chine, qui vient de la grosseur des cerises, et en abondance : mais elle n'a ni saveur ni odeur.

Les épinards y sont rares; le cresson de jardins, l'oseille, le cerfeuil, le persil, le fenouil, le céleri, portent des tiges filandreuses, et s'y multiplient avec peine. Les poirées, les laitues, les chicorées, les choux-fleurs y sont plus petits et moins tendres que les nôtres ; le chou, le plus utile des légumes et qui réussit par-tout, y vient bien ; la pimprenelle, le pourpier doré, la sauge y croissent en abondance; mais sur-tout la capucine, qui s'élève en grands espaliers, et y est une plante vivace.

L'asperge y est de la grosseur d'une ficelle ; elle y a dégénéré pour la taille et pour le goût, ainsi que les carottes, les panais, les navets, les salsifis, les radis et les raves, qui sont trop épicés. Il y a cependant une espèce de rave de Chine qui y réussit bien. La betterave y vient très-belle, mais très-ligneuse. La pomme de terre, *solanum tuberosum,* n'y est pas plus grosse qu'une noix. Celle des Indes, qu'on appelle cambar, y pèse souvent plus d'une livre. Sa peau est d'un beau violet; au dedans elle est très-blanche et très-fade : on en donne pour aliment aux noirs. Elle multiplie beaucoup, ainsi que la patate, dont quelques espèces sont préférables à nos châtaignes. Le safran est une racine qui teint en jaune les ragoûts, ainsi que le pistil de celui d'Europe. Le gingembre y est moins chaud que celui des Indes. La pistache, qui n'est pas le fruit

du pistachier, est une petite amande qui croît
en terre, dans une coque ridée. Elle est assez
bonne rôtie, mais elle est indigeste. On la cultive pour en tirer de l'huile à brûler. Cette plante
est une espèce de phénomène en botanique;
car il est rare que les végétaux qui donnent
des fruits huileux, les produisent sous terre.

Les ciboules, les poireaux, les ognons y
sont plus petits qu'en France, et même qu'à
l'île de Bourbon, qui est dans le voisinage.

4° Plantes d'agrément.

Je vous parlerai d'abord des nôtres, ensuite de celles d'Asie et d'Afrique.

Le réséda, la balsamine, la tubéreuse
le pied-d'alouette, la grande marguerite de
Chine, les œillets de la petite espèce, s'y
plaisent autant qu'en Europe; les grands œillets et les lis, y jettent beaucoup de feuilles
et portent rarement des fleurs. Les anémone
la renoncule, l'œillet et la rose d'Inde,
viennent mal, ainsi que la giroflée et les pi-
vots. Je n'ai point vu d'autres plantes à fleur
d'Europe, chez les curieux. Plusieurs se so
donné des soins inutiles pour y faire venir
thym, la lavande, la marguerite des pré

les violettes si simples et si belles, et le co-
quelicot, dont l'écarlate brille avec l'azur des
bluets sur l'or de vos moissons. Heureux
Français ! un coin de vos campagnes est plus
magnifique que le plus beau de nos jardins.

En simples plantes à fleurs, d'Afrique, je ne
connais qu'une belle immortelle du Cap, dont
les grains sont gros et rouges comme des fraises,
et viennent en grappe au sommet d'une tige,
et dont les feuilles ressemblent à des morceaux de drap gris; une autre immortelle à
fleurs pourpres qui vient par-tout; un jonc
de la grosseur d'un crin, qui porte un groupe
de fleurs blanches et violettes adossées : de
loin ce bouquet paraît en l'air; il vient du
Cap, ainsi qu'une sorte de tulipe qui n'a
que deux feuilles collées contre la terre, qu'elles
semblent saisir; une plante de Chine, qui se
sème d'elle-même, à petites fleurs en rose :
chaque tige en donne cinq ou six, toutes variées à-la-fois depuis le rouge sang de bœuf,
jusqu'à la couleur de brique. Aucune de ces
fleurs n'a d'odeur; même celles d'Europe
la perdent.

Les aloès s'y plaisent. On pourrait tirer parti

18

de leurs feuilles, dont la sève donne une
gomme médicinale, et dont les fils sont propres à faire de la toile. Ils croissent sur les
rochers et dans les lieux brûlés du soleil. Les
uns sont tout en feuilles, fortes et épaisses,
de la grandeur d'un homme, armées d'un
long dard : il s'élève, du centre, une tige de
la hauteur d'un arbre, toute garnie de fleurs,
d'où tombent des aloès tout formés. Les autres
sont droits comme de grands cierges à plusieurs pans garnis d'épines très-aiguës : ceux-là
sont marbrés, et ressemblent à des serpents
qui rampent à terre.

Il semble que la nature ait traité les Afri-
cains et les Asiatiques en barbares, à qui elle
a donné des végétaux magnifiques et monstrueux, et qu'elle agisse avec nous comme
avec des êtres amis et sensibles. Oh ! quand
pourrai-je respirer le parfum des chèvre-
feuilles, me reposer sur ces beaux tapis de
lait, de safran et de pourpre que paissent nos
heureux troupeaux, et entendre les chansons
du laboureur qui salue l'aurore avec un cœur
content et des mains libres !

Au Port-Louis de l'Ile-de-France, ce 29 mai 1769.

LETTRE XIV.

ARBRISSEAUX ET ARBRES APPORTÉS
A L'ILE-DE-FRANCE.

Nous avons ici le rosier, qui multiplie si aisément, qu'on en fait des haies. Sa fleur n'est ni si touffue, ni si odorante que la nôtre; il y en a plusieurs variétés, entre autres une petite espèce de Chine, qui fleurit toute l'année. Les jasmins d'Espagne et de France s'y sont bien naturalisés; je parlerai de ceux d'Asie à leur article. Il y a des grenadiers à fleur double et à fruit; mais ceux-ci rapportent peu. Le myrte n'y vient pas si beau qu'en Provence.

Voilà tous les arbrisseaux d'Europe. Ceux d'Asie, d'Afrique et d'Amérique, sont : le cassis, dont la feuille est découpée; ce cassis ne ressemble point au nôtre : c'est un grand arbrisseau, qui se couvre de fleurs jaunes, odorantes, semblables à de petites houppes : elles donnent un haricot dont la graine sert à teindre en noir. Comme il est épineux, on en fait de bonnes haies.

La foulsapatte, mot indien qui signifie *fleur de cordonnier* : sa fleur, frottée sur le cuir, le teint en noir. Cet arbrisseau a un feuillage d'un beau vert, plus large que celui du charme, au milieu duquel brillent ses fleurs, semblables à de gros œillets d'un rouge foncé : on en fait des charmilles. Il y en a plusieurs variétés.

La poincillade, originaire d'Amérique, est une espèce de ronce, qui porte des girandoles de fleurs jaunes et rouges, d'où sortent des aigrettes couleur de feu. Cette fleur est très-belle, mais elle passe vite ; elle donne un haricot. Sa feuille est divisée comme celle des arbrisseaux légumineux.

Le jalap donne des fleurs en entonnoir, d'un rouge cramoisi, qui ne s'ouvrent que la nuit. Elles ont une odeur de tubéreuse : j'en ai vu de deux espèces.

La vigne de Madagascar est une liane dont

on fait des berceaux; elle donne une fleur jaune. Ses feuilles cotonnées paraissent couvertes de farine. Il y a plusieurs autres espèces de lianes à fleur dans les jardins; mais j'en ignore les noms.

Le mougris est un jasmin dont la feuille ressemble à celle de l'oranger. Il y en a à fleur double et simple; son odeur est très-agréable.

Le frangipanier est un jasmin d'une autre espèce : cet arbrisseau croît de la forme d'un bois de cerf; de l'extrémité de ses cornichons sortent des bouquets de longues feuilles, au centre desquelles se trouvent de grandes fleurs blanches en entonnoir, d'une odeur charmante.

Le lilas des Indes vient et meurt fort vite; sa feuille est découpée et d'un beau vert. Il se charge de grappes de fleurs d'une odeur assez douce, qui se changent en graines. Cet arbrisseau s'élève à la hauteur d'un arbre; son port est agréable; son vert est plus beau, mais sa fleur est moins belle que celle de notre lilas, qui n'y vient point. Celui de Perse y réussit peu. Il y a des lauriers-thyms, des

18*

lauriers-roses, et le citronnier-galet, dont on
fait des haies ; son fruit est rond, petit et
très-acide. Le palma-christi croît par-tout ;
son huile est un vermifuge.

Le poivrier est une liane qui s'accroche
comme le lierre : il végète bien, mais ne
donne pas de fruit. On ne sait pas si l'arbrisseau du thé, qu'on y a apporté de la Chine,
s'y plaira, ainsi que le rotin, d'un usage aussi
universel aux Indes que l'osier en Europe.

Le cotonnier vient dans les lieux les plus
secs, en arbrisseau. Il porte une jolie fleur
jaune, à laquelle succède une gousse qui contient sa bourre. On ne récolte pas son coton,
faute de moulins pour l'éplucher : d'ailleurs
on n'en fait pas commerce. Sa graine fait
venir le lait aux nourrices.

La canne à sucre y mûrit bien ; les habitants en font une liqueur appelée flangourin,
qui ne vaut pas grand'chose. Il n'y a qu'une
sucrerie dans l'île.

Le cafier est l'arbre ou l'arbrisseau le plus
utile de l'île. C'est une espèce de jasmin. Sa
fleur est blanche ; ses feuilles, d'un beau vert,
sont opposées et de la forme de celles du lau-

rier. Son fruit est une olive rouge comme
une cerise, qui se sépare en deux fèves. On
les plante à sept pieds et demi de distance ;
on les étête à six pieds de hauteur. Il ne dure
que sept ans : à trois ans il est dans son rapport. On évalue le produit annuel de chaque
arbre à une livre de graines. Un noir peut en
cultiver par an un millier de pieds, indépen-
damment des grains nécessaires à sa subsistance. L'île ne produit pas encore assez de
café pour sa consommation. Les habitants
prétendent qu'il suit en qualité celui de Moka.

Parmi les arbres d'Europe, le pin, le sapin
et le chêne y végètent jusqu'à une hauteur
médiocre ; après quoi ils dépérissent.

J'y ai vu aussi des cerisiers, des abricotiers,
des néfliers, des pommiers, des poiriers, des
oliviers, des mûriers ; mais sans fruits, quoique
quelques-uns donnent des fleurs. Le figuier y
rapporte des fruits médiocres ; la vigne n'y
réussit pas en échalas ; elle donne en treille des
grappes, dont il ne mûrit qu'une partie * à-la-

* En Europe, les fruits du même arbre arrivent
presque ensemble à leur maturité : ici c'est tout le

fois comme celles des jardins d'Alcinoüs ; ce
qui ne vaut rien pour la vendange. Le pêcher
donne assez de fruits, d'un bon goût, mais qui
ne sont jamais fondants. Il y a un pou blanc
qui les détruit.

Ces arbres sont ici dans une sève perpé-
tuelle ; peut-être serait-il avantageux de les
enfouir en terre, pour arrêter leur végétation.
Il faudrait essayer de les préserver de la chaleur, comme on les garantit du froid dans le
nord de l'Allemagne. Ces arbres d'Europe
quittent ici leurs feuilles dans la saison froide,
qui est votre été ; cependant, la chaleur et
l'humidité sont égales à celles de vos prin-
temps : il y a donc quelque cause inconnue de
la végétation.

Les arbres étrangers de simple agrément,
sont : le laurier, qui s'y plaît, ainsi que
l'agati de plusieurs sortes, dont la feuille
est découpée, et qui donne des grappes de
fleurs blanches papilionacées, auxquelles suc-

contraire ; ils mûrissent tous successivement, ce qui
varie singulièrement le goût des mêmes fruits cueillis
sur le même arbre.

cèdent de longues gousses légumineuses. Les Chinois le représentent souvent dans leurs paysages.

Le polcher vient de l'Inde. Son feuillage est touffu; sa feuille est en cœur. Il ne sert qu'à donner de l'ombre. Il donne un fruit inutile, de la nature du bois et de la forme d'une nèfle.

Le bambou ressemble de loin à nos saules, C'est un roseau qui s'élève aussi haut que les plus grands arbres, et qui jette des bran-ches garnies de feuilles comme celles de l'o-livier : on en fait de belles avenues, que le vent fait murmurer sans cesse. Il croît vite, et on peut employer ses cannes aux mêmes usages que les branches d'osier. Il y a beaucoup de toiles des Indes où ce roseau est assez mal figuré.

Les arbres fruitiers sont : l'attier, dont la fleur triangulaire, formée d'une substance so-lide, a un goût de pistache ; son fruit res-semble à une pomme de pin : quand il est mûr, il est rempli d'une crême blanche sucrée et d'une odeur de fleur d'orange. Il est plein de pepins noirs. L'atte est fort agréable, mais

on s'en lasse bien vite. Il échauffe et donne
des maux de gorge.

Le manguier est un fort bel arbre : les Indiens le représentent souvent sur leurs étoffes
de soie. Il se couvre de superbes girandoles
de fleurs, comme le marronnier d'Inde. Il leur
succède quantité de fruits de la forme d'une
très-grosse prune aplatie, couverte d'un cuir
d'une odeur de térébenthine. Ce fruit a un
goût vineux et agréable ; et, son odeur à part,
il pourrait le disputer en bonté à nos bons fruits
d'Europe. Il ne fait jamais de mal. On pourrait,
je crois, en tirer une boisson saine et agréable.
Il a l'inconvénient d'être chargé de fruits
dans le temps des ouragans, qui en font tomber la plus grande partie.

Le bananier vient par-tout. Il n'a point de
bois : ce n'est qu'une touffe de feuilles qui
s'élèvent en colonne, et qui s'épanouissent
au sommet en larges bandes d'un beau ver
satiné. Au bout d'un an, il sort du somme
une longue grappe tout hérissée de fruits, de
la forme d'un concombre ; deux de ces ré-
gimes font la charge d'un noir : ce fruit, qui
est pâteux, est d'un goût agréable et fort

nourrissant; les noirs l'aiment beaucoup. On leur en donne au jour de l'an pour leurs étrennes; et ils comptent leurs tristes années par le nombre de *fêtes bananes*. Des fils du bananier, on peut faire de la toile. La forme de ses feuilles semblables à des ceintures de soie, la longueur de sa grappe, qui descend à la hauteur d'un homme, et dont l'extrémité violette ressemble à une tête de serpent, peuvent lui avoir fait donner le nom de figuier d'Adam. Ce fruit dure toute l'année : il y en a de beaucoup d'espèces; les uns de la grosseur d'une prune, d'autres de la longueur du bras.

Le goyavier ressemble assez au néflier. Sa fleur est blanche. Son fruit a toujours une odeur de punaise; il est astringent. C'est le seul des fruits de ce pays où j'aie trouvé des vers.

Le jam-rose est un arbre qui donne un bel ombrage. Il s'élève peu; ses fruits ont l'odeur d'un bouton de rose; ils sont d'un goût un peu sucré et insipide.

Le papayer est une espèce de figuier sans branches. Il croît vite, et s'élève comme une

colonne, avec un chapiteau de larges feuilles.
De son tronc, sortent ses fruits, semblables à
de petits melons, d'une saveur médiocre :
leurs grains ont le goût de cresson. Le tronc
de cet arbre est d'une substance de navet.
Le papayer femelle ne porte que des fleurs ;
elles sont d'une forme et d'une odeur aussi
agréables que celles du chèvre-feuille.

Le badamier semble avoir été formé pour
donner de l'ombrage. Il s'élève comme une
belle pyramide, formée de plusieurs étages
bien séparés les uns des autres : on pourrait,
dans leurs intervalles, construire des cabinets charmants ; son feuillage est beau. Il
donne quelques amandes d'assez bon goût.

L'avocat est un assez bel arbre. Il donne
une poire qui renferme un gros noyau. La
substance de ce fruit est semblable à du beurre.
Quand on l'assaisonne avec le sucre et le jus
de citron, il n'est pas mauvais. Il échauffe.

Le jacq est un arbre d'un beau feuillage
qui donne un fruit monstrueux. Il est de la
grosseur d'une longue citrouille ; sa peau est
d'un beau vert, et toute chagrinée. Il est
rempli de grains dont on mange l'enveloppe

qui est une pellicule blanche, gluante et sucrée. Il a une odeur empestée de fromage pourri. Ce fruit est aphrodisiaque : * j'ai vu des femmes qui l'aimaient passionnément.

Le tamarinier porte une belle tête ; ses feuilles sont opposées sur une côte, et se ferment la nuit, comme la plupart des plantes légumineuses. Sa gousse donne un mucilage dont on fait d'excellente limonade. Il s'est perpétué dans les bois.

Il y a plusieurs espèces d'orangers, entre autres une qui donne une orange appelée mandarine, grosse comme une pomme d'api. Une grosse espèce de pamplemousse, orange à chair rouge, d'un goût médiocre. Un citronnier, qui donne de très-gros fruits avec peu de suc.

On y a planté le cocotier, sorte de palmier qui se plaît dans le sable. C'est un des arbres les plus utiles du commerce des Indes; cependant il ne sert guère qu'à donner de mauvaise huile, et de mauvais câbles. On prétend qu'à Pondichéry chaque cocotier rap-

---

* On sait qu'Aphrodite est un des noms de Vénus.

porte une pistole par an. Des voyageurs font
de grands éloges de son fruit; mais notre lin
donnera toujours de plus belle toile que sa
bourre, nos vins seront toujours préférés à
sa liqueur, et nos simples noisettes à sa
grosse noix.

Le cocotier se plaît tellement près de l'eau
salée, qu'on met du sel dans le trou où l'on
plante son fruit, pour faciliter le développe-
ment du germe. Le coco paraît destiné à flotter dans la mer par une bourre qui l'aide à
surnager, et par la dureté de sa coque impé-
nétrable à l'humidité. Elle ne s'ouvre pas par
une suture comme nos noix; mais le germe
sort par un des trois petits trous que la nature a ménagés à son extrémité, après les
avoir recouverts d'une pellicule. On a trouvé
des cocotiers sur le bord de la mer, dans des
îles désertes, et jusque sur les bancs de sable.
Ce palmier est l'arbre des rivages méridio-
naux, comme le sapin est l'arbre du nord,
et le dattier celui des montagnes brûlées de la
Palestine.

Je ne crois pas me tromper en disant que
le coco a été fait pour flotter, et pour germer

ensuite dans les sables; chaque graine a sa manière de se ressemer, qui lui est propre; mais cet examen me mènerait trop loin. Peut-être l'entreprendrai-je un jour, et ce sera avec grand plaisir. L'étude de la nature dédommage de celle des hommes : elle nous fait voir par-tout l'intelligence de concert avec la bonté. Mais, s'il était possible en cela de se tromper encore, si tout ce qui environne l'homme était fait pour l'égarer, au moins choisissons nos erreurs, et préférons celles qui consolent.

Quant à ceux qui croient que la nature, en élevant si haut le fruit lourd du cocotier, s'est fort écartée de la loi qui fait ramper la citrouille, ils ne font pas attention que le co-cotier n'a qu'une petite tête qui donne fort peu d'ombre : on n'y va point, comme sous les chênes, chercher l'ombrage et la fraîcheur. Pourquoi ne pas observer plutôt, qu'aux Indes comme en Europe, les arbres fruitiers qui donnent des fruits mous sont d'une hau-teur médiocre, afin qu'ils puissent tomber à terre sans se briser; qu'au contraire, ceux qui portent des fruits durs comme le coco, la

châtaigne, le gland, la noix, sont fort élevés,
parce que leurs fruits, en tombant, n'ont
rien à risquer? D'ailleurs les arbres feuillés
des Indes donnent, comme en Europe, de
l'ombre sans danger. Il y en a qui donnent
de très-gros fruits, comme le jacq; mais
alors ils les portent attachés au tronc, et à
la portée de la main : ainsi la nature, que
l'homme accuse d'imprudence, a ménagé
à-la-fois son abri et sa nourriture.

Depuis peu, on a découvert un crabe qui
loge au pied des cocotiers. La nature lui a
donné une longue patte, terminée par un
ongle. Elle lui sert à tirer la substance du
fruit par ses trous. Il n'a point de grosses
pinces comme les autres crabes : elles lui
seraient inutiles. Cet animal se trouve sur
l'île des Palmes, au nord de Madagascar,
découverte en 1769 par le naufrage du vaisseau *l'Heureux*, qui y périt en allant au
Bengale. Ce crabe servit de nourriture à l'é-
quipage.

On vient de trouver à l'île Séchelle un
palmier qui porte des cocos doubles, dont
quelques-uns pèsent plus de quarante livres.

Les Indiens lui attribuent des vertus merveil-
leuses. Ils le croyaient une production de la
mer, parce que les courants en jetaient quelquefois sur la côte Malabare ; ils l'appelaient
coco marin. Ce fruit, dépouillé de sa bourre,*
mulieris corporis bifurcationem cum na-
turâ et pilis repræsentat. Sa feuille, faite
en éventail, peut couvrir la moitié d'une
case. Comme tout est compensé, l'arbre qui
donne cet énorme coco, en rapporte au plus
trois ou quatre : le cocotier ordinaire porte
des grappes où il y en a plus de trente. J'ai
goûté de l'un et l'autre fruit, qui m'ont paru
avoir la même saveur. On a planté à l'Ile-de-
France des cocos marins, qui commencent à
germer.

Il y a encore quelques arbres qui ne sont
guère que des objets de curiosité, comme le
dattier, qui donne rarement des fruits ; le
palmier qui porte le nom d'araque, et celui
qui produit le sagou. Le caneficier et l'acajou

---

* Je ne traduirai point ce passage. Pourquoi la
langue française est-elle plus réservée que la langue
latine ! Sommes-nous plus chastes que les Romains?

19*

n'y donnent que des fleurs sans fruits. Le
cannellier, dont j'ai vu des avenues, ressemble à un grand poirier, par son port et
son feuillage. Ses petites grappes de fleurs
sentent les excréments; sa cannelle est peu
aromatique. Il n'y a qu'un seul cacaotier dans
l'île; ses fruits ne mûrissent jamais. On doit
y apporter le muscadier et le giroflier *; le
temps décidera du succès de ces arbres trans-
plantés des environs de la Ligne, au 20ᵉ degré de latitude.

On y a planté, depuis long-temps, quelques pieds de ravinesara, espèce de muscadier de Madagascar; des mangoustans et des
litchi, qui produisent, dit-on, les meilleurs
fruits du monde; l'arbre de vernis, qui donne
une huile qui conserve la menuiserie; l'arbre
de suif, dont les graines sont enduites d'une
espèce de cire ; un arbre de Chine, qui
donne de petits citrons en grappe semblables
à des raisins; l'arbre d'argent du Cap; enfin
le bois de teck , presque aussi bon que le
chêne pour la construction des vaisseaux. La

---

* Je les ai vus arriver en 1770.

plupart de ces arbres y végètent difficilement.

La température de cette île me paraît trop
froide pour les arbres d'Asie, et trop chaude
pour ceux d'Europe. Pline observe que l'influence du ciel est plus nécessaire que les qualités de la terre, à la culture des arbres. Il
dit que, de son temps, on voyait en Italie des
poivriers et des cannelliers, et en Lydie des
arbres d'encens; mais ils ne faisaient qu'y
végéter. Je crois cependant qu'on pourrait
naturaliser dans les provinces méridionales
de France le café, qui se plaît dans les lieux
frais et tempérés. Ces essais coûteux ne peuvent guère être faits que par des princes :
mais aussi l'acquisition d'une plante nouvelle
est une conquête douce et humaine, dont
toute la nation profite. A quoi ont servi tant
de guerres au dehors et au dedans de notre
continent? Que nous importe aujourd'hui
que Mithridate ait été vaincu par les Romains,
et Montézume par les Espagnols? Sans quelques fruits, l'Europe n'aurait qu'à pleurer sur
des trophées inutiles; mais des peuples entiers vivent, en Allemagne, des pommes de

terre venues de l'Amérique, et nos belles
dames mangent des cerises qu'elles doivent à
Lucullus. Le dessert a coûté cher; mais ce
sont nos pères qui l'ont payé. Soyons plus
sages, rassemblons les biens que la nature a
dispersés, et commençons par les nôtres.

Si jamais je travaille pour mon bonheur, je
veux faire un jardin comme les Chinois. Ils
choisissent un terrain sur le bord d'un ruisseau; ils préfèrent le plus irrégulier, celui où
il y a de vieux arbres, de grosses roches,
quelques monticules. Ils l'entourent d'une
enceinte de rocs bruts avec leurs cavités et
leurs pointes : ces rocs sont posés les uns
sur les autres, de manière que les assises ne
paraissent point. Il en sort des touffes de scolopendre, des lianes à fleurs bleues et pourpres, des lisières de mousses de toutes les
couleurs. Un filet d'eau circule parmi ces végétaux, d'où il s'échappe en gouttes ou en
glacis. La vie et la fraîcheur sont répandues
sur cet enclos, qui n'est, chez nous, qu'une
muraille aride.

S'il se trouve quelque enfoncement sur le
terrain, on en fait une pièce d'eau. On y met

des poissons, on la borde de gazon et on l'environne d'arbres. On se garde bien de rien niveler ou aligner; point de maçonnerie apparente : la main des hommes corrompt la simplicité de la nature.

La plaine est entremêlée de touffes de fleurs, de lisières de prairies, d'où s'élèvent quelques arbres fruitiers. Les flancs de la colline sont tapissés de groupes d'arbrisseaux à fruits ou à fleurs, et le haut est couronné d'arbres bien touffus, sous lesquels est le toit du maître.

Il n'y a point d'allées droites qui vous découvrent tous les objets à-la-fois; mais des sentiers commodes qui les développent successivement. Ce ne sont point des statues, ni des vases inutiles; mais une vigne chargée de belles grappes, ou des buissons de roses. Quelquefois on lit sur l'écorce d'un oranger des vers agréables, ou une sentence philosophique sur un vieux rocher.

Ce jardin n'est ni un verger, ni un parc, ni un parterre, mais un mélange, semblable à la campagne, de plaines, de bois, de collines, où les objets se font valoir les uns par les autres. Un Chinois ne conçoit pas plus un jardin régulier qu'un arbre équarri. Les voyageurs assurent qu'on sort toujours à regret de ces retraites charmantes; pour moi, j'y voudrais encore une compagne aimable, et dans le voisinage un ami comme vous.

Au Port-Louis de l'Ile-de-France, ce 10 juin 1769.

LETTRE XV.

ANIMAUX APPORTÉS A L'ILE-DE-FRANCE.

On a fait venir ici jusqu'à des poissons étrangers. Le gourami vient de Batavia; c'est un poisson d'eau douce, il passe pour le meilleur de l'Inde : il ressemble au saumon, mais il est plus délicat. On y voit des poissons dorés de la Chine, qui perdent leur beauté en grandissant. Ces deux espèces se multiplient assez dans les étangs.

On a essayé, mais sans succès, d'y transporter des grenouilles, qui mangent les œufs que les moustiques déposent sur les eaux stagnantes.

On a fait venir du Cap un oiseau bien plus utile. Les Hollandais l'appellent *l'ami du jardinier*. Il est brun, et de la grosseur d'un gros moineau. Il vit de vermisseaux, de chenilles et de petits serpents. Non-seulement il

les mange, mais il en fait d'amples provisions, en les accrochant aux épines des haies.
Je n'en ai vu qu'un ; quoique privé de la liberté, il avait conservé ses mœurs, et sus-
pendait la viande qu'on lui donnait aux bar-
reaux de sa cage.

Un oiseau qui a multiplié prodigieusement
dans l'île, est le martin, espèce de sansonnet
de l'Inde, au bec et aux pattes jaunes. Il ne
diffère guère du nôtre que par son plumage,
qui est moins moucheté ; mais il en a le
gazouillement, l'aptitude à parler, et les ma-
nières mimes ; il contrefait les autres oiseaux.
Il s'approche familièrement des bestiaux,
pour les éplucher ; mais sur-tout, il fait une
consommation prodigieuse de sauterelles. Les
martins sont toujours accouplés deux à deux.
Ils se rassemblent les soirs, au coucher du
soleil, par troupes de plusieurs milliers, sur
des arbres qu'ils affectionnent. Après un gazouillement universel, toute la république
s'endort ; et, au point du jour, ils se disper-
sent par couples dans les différents quartiers
de l'île. Cet oiseau ne vaut rien à manger ;
cependant on en tue quelquefois, malgré les

défenses. Plutarque rapporte que l'alouette était adorée à Lemnos, parce qu'elle vivait d'œufs de sauterelles; mais nous ne sommes pas des Grecs.

On avait mis dans les bois plusieurs paires de corbeaux pour détruire les souris et les rats. Il n'en reste plus que trois mâles. Les habitants les ont accusés de manger leurs poulets; or, dans cette querelle, ils sont juges et parties.

Il n'y a pas moyen de dissimuler les désordres de *l'oiseau du Cap,* espèce de petit tarin, le seul des habitants de ces forêts que j'aie entendu chanter. On les avait d'abord apportés par curiosité; mais quelques-uns s'échappèrent dans les bois, où ils ont beaucoup multiplié. Ils vivent aux dépens des récoltes. Le gouvernement a mis leur tête à prix.

Il y a une jolie mésange, dont les ailes sont piquetées de points blancs; et le cardinal, qui, dans une certaine saison, a la tête, le cou et le ventre d'un rouge vif : le reste du plumage est d'un beau gris-de-perle. Ces oiseaux viennent du Bengale.

Il y a trois sortes de perdrix, plus petites que les nôtres. Le cri du mâle ressemble à celui d'un coq un peu enroué : elles perchent la nuit sur les arbres, sans doute dans la crainte des rats.

On a mis dans les bois des pintades, et, depuis peu, le beau faisan de la Chine. On a lâché sur quelques étangs, des oies et des canards sauvages : il y en a aussi de domestiques, entre autres le canard de Manille, qui est très-beau. Il y a des poules d'Europe; une espèce, d'Afrique, dont la peau, la chair et les os sont noirs; une petite espèce, de Chine, dont les coqs sont très-courageux. Ils se battent contre les coqs-d'Inde. Un jour, j'en vis un attaquer un gros canard de Manille; celui-ci ne faisait que saisir ce petit champion avec son bec, et le couvrait de son ventre et de ses larges pattes, pour l'étouffer. Quoiqu'on eût tiré plusieurs fois de cette situation le coq à demi-mort, il revenait à la charge avec une nouvelle fureur.

Beaucoup d'habitants tirent de grands revenus de leur poulailler, à cause de la rareté des autres viandes. Les pigeons y réussissent bien, et c'est le meilleur de tous les volatiles de l'île. On y a mis deux espèces de tourterelles et des lièvres.

Il y a dans les bois des chèvres sauvages, des cochons marrons, mais sur-tout des cerfs qui avaient tellement multiplié, que des escadres entières en ont fait des provisions. Leur chair est fort bonne, sur-tout pendant les mois d'avril, mai, juin, juillet et août. On en élève quelques troupeaux apprivoisés, mais qui ne multiplient pas.

Dans les quadrupèdes domestiques, il y a des moutons qui y maigrissent et perdent leur laine, des chèvres qui s'y plaisent, des bœufs dont la race vient de Madagascar. Ils portent une grosse loupe sur leur cou. Les vaches de cette race donnent très-peu de lait; celles d'Europe en rendent davantage, mais leurs veaux y dégénèrent. J'y ai vu deux taureaux et deux vaches, de la taille d'un âne; ils venaient du Bengale : cette petite espèce n'a pas réussi.

La viande de boucherie manque souvent ici. On y a pour ressource celle de cochon, qui vaut mieux que celle d'Europe; cependant on ne saurait en faire de bonnes salaisons : ce qui vient, je crois, du sel, qui est trop âcre. La femelle de cet animal est sujette, dans cette île, à produire des monstres. J'ai vu dans un bocal un petit cochon, dont le groin était alongé comme la trompe d'un éléphant.

Les chevaux n'y sont pas beaux ; ils y sont d'un prix excessif : un cheval ordinaire coûte cent pistoles. Ils dépérissent promptement au port, à cause de la chaleur. On ne les ferre jamais, quoique l'île soit pléine de roches. Les mulets y sont rares, les ânes y sont petits, et il y en a peu. L'âne serait peut-être l'animal le plus utile du pays, parce qu'il soulagerait le noir dans ses travaux. On fait porter tous les fardeaux sur la tête des esclaves, ils en sont accablés.

Depuis quelque temps, on a amené du Cap deux beaux ânes sauvages, mâle et femelle, de la taille d'un mulet. Ils étaient rayés sur les épaules comme le zèbre du Cap, dont ils différaient cependant. Ces animaux, quoique jeunes, étaient indomptables.

Les chats y ont dégénéré ; la plupart sont

maigres et efflanqués : les rats ne les craignent guère. Les chiens valent beaucoup mieux pour cette chasse : mon *Favori* s'y est distingué plus d'une fois. Je l'ai vu étrangler les plus gros rats de l'hémisphère austral. Les chiens perdent, à la longue, leurs poils et leur odorat. On prétend que jamais ils n'enragent ici.

Au Port-Louis de l'Ile-de-France, ce 15 juillet 1769.

———

~~~~~~

LETTRE XVI.

VOYAGE DANS L'ILE.

DEUX curieux d'histoire naturelle, M. de Chazal, conseiller, et M. le marquis d'Albergati, capitaine de la légion, me proposèrent, il y a quelque temps, d'aller voir, à une lieue et demie d'ici, une caverne considérable; j'y consentis. Nous nous rendîmes d'abord à la grande rivière. Cette grande rivière, comme toutes celles de cette île, n'est qu'un large ruisseau qu'une chaloupe ne remonterait pas à une portée de fusil de son embouchure. Il y a là un petit établissement formé d'un hôpital et de quelques magasins, et c'est là aussi que commence l'aqueduc qui conduit les eaux à la ville. On voit sur une petite hauteur en pain de sucre, une espèce de fort qui défend la baie.

Après avoir passé la grande rivière, nous prîmes pour guide le meunier du lieu. Nous marchâmes environ trois quarts d'heure, à l'ouest, au milieu des bois. Comme nous étions en plaine, je me croyais fort éloigné de la caverne, dont je supposais l'ouverture au flanc de quelque montagne, lorsque nous la trouvâmes, sans y penser, à nos pieds. Elle ressemble au trou d'une cave dont la voûte se serait éboulée. Plusieurs racines de mapou descendent perpendiculairement, et barrent une partie de l'entrée : on avait cloué au cintre une tête de bœuf.

Avant de descendre dans cet abîme, on déjeuna : après quoi, on alluma de la bougie et des flambeaux, et nous nous munîmes de briquets pour faire du feu.

Nous descendîmes une douzaine de pas sur les rochers qui en bouchent l'ouverture, et je me trouvai dans le plus vaste souterrain que j'aie vu de ma vie. Sa voûte est formée d'un roc noir, en arc surbaissé. Sa largeur est d'environ trente pieds, et sa hauteur de vingt. Le sol en est fort uni ; il est couvert d'une terre fine que les eaux des pluies y ont déposée. De chaque côté de la caverne, à hauteur d'appui, règne un gros cordon avec des moulures. Je le crois l'ouvrage des eaux qui y coulent dans la saison des pluies, à différents niveaux. Je confirmai cette observation par la vue de plusieurs débris de coquilles terrestres et fluviatiles. Cependant, les gens du pays croient que c'est un ancien soupirail de volcan ; il me paraît plutôt que c'est l'ancien lit d'une rivière souterraine. La voûte est enduite d'un vernis luisant et sec, espèce de concrétion pierreuse qui s'étend sur les parois, et, en quelques endroits, sur le sol même. Cette concrétion y forme des stalactites ferrugineuses qui se brisaient sous nos pieds comme si nous eussions marché sur une croûte de glace.

Nous marchâmes assez long-temps, trouvant le terrain parfaitement sec, excepté à trois cents pas de l'entrée par où une partie de la voûte est éboulée. Les eaux supérieures filtraient à travers les terres, et formaient quelques flaques sur le sol.

De là, la voûte allait toujours en baissant. Insensiblement nous étions obligés de mar-

cher sur les pieds et sur les mains : la chaleur m'étouffait; je ne voulus pas aller plus
loin. Mes compagnons, plus lestes, et en
déshabillé convenable, continuèrent leur
route.

En retournant sur mes pas, je trouvai une
racine grosse comme le doigt, attachée à la
voûte par de très-petits filaments. Elle avait
plus de dix pieds de longueur, sans branches
ni feuilles, ni apparence qu'elle en eût jamais
eu ; elle était entière à ses deux bouts. Je la
crois une plante d'une espèce singulière : elle
était remplie d'un suc laiteux.

Je revins donc à l'entrée de la grotte, où je
m'assis pour respirer librement. Au bout de
quelque temps, j'entendis un bourdonnement
sourd, et je vis, à la lueur des flambeaux
portés par des nègres, apparaître nos voyageurs en bonnet, en chemise, en caleçon si
sales et si rouges qu'on les eût pris pour
quelques personnages de tragédie anglaise.
Ils étaient baignés de sueur et tout bar-
bouillés de cette terre rouge, sur laquelle ils
s'étaient traînés sur le ventre sans pouvoir
aller loin.

Cette caverne se bouche de plus en plus. Il me semble qu'on en pourrait faire de magnifiques magasins, en la coupant de murs pour empêcher les eaux d'y entrer. Le marquis d'Albergati m'en donna les dimensions que voici, avec mes notes.

			t.	p.
Le terrain est très-sec dans toute cette partie : ou y remarque plusieurs fentes qui s'étendent dans toute la largeur; l'entrée est à l'ouest-nord-ouest.	Depuis l'entrée, première voûte.	Hauteur..	3	2
		Largeur..	5	
		Longueur.	22	

Le souterrain tourne au N–O ¼ N; corrigez N–O ⅓ O. Le terrain est sec : il règne dans presque toute cette partie une banquette d'environ deux pieds et demi de hauteur, avec un gros cordon.	Deuxième voûte depuis le premier coude.	Hauteur..	2	5
		Largeur..	4	
		Longueur.	68	2

La voûte tourne au N–O; corrigez O–N–O, 2 deg. 30 min. N : à son extrémité elle n'a que quatre pieds de hauteur, mais elle se relève à quelques toises de là. Elle est pierreuse et humide. On y remarque de petites congélations ou stalactites.	Troisième voûte depuis le deuxième coude.	Hauteur..	1	5
		Largeur..	2	2
		Longueur.	48	2

Les banquettes et mou-
lures règnent sur les côtés:
il y a un espace d'environ
cinquante pieds rempli de
roches détachées de la
voûte. Cet endroit n'est
pas sûr. Le terrain va droit
sans coude.

		t.	p.
Quatrième voûte.	Hauteur..	3	
	Largeur..	4	3
	Longueur.	58	2

Il va au N-N-O, 3 deg.
N ; corrigez N-O ¼ N, 5
deg. O.

Cinquième voûte et troi-sième coude.	Hauteur..	1	2
	Largeur..	3	
	Longueur.	38	2

Au N-O ¼ N-O ; corri-
gez N-O ¼ N, 2 deg. 30 m.

Sixième voûte, qua-trième cou-de.	Hauteur..	1	4
	Largeur..	3	3
	Longueur.	15	0

Au N-O ¼ O ; corrigez O
¼ N-O, 2 deg. 30 min.

Septième voûte, cin-quième cou-de.	Hauteur..	1	3
	Largeur..	2	4
	Longueur.	20	4

A l'O ¼ N-O ; corrigez O
¼ S-O, 2 deg. 30 min. O.

Huitième voûte, sixiè-me coude.	Hauteur..	1	5
	Largeur..	3	
	Longueur.	15	

Au N ¼ N-O ; corrigez
N-O ¼ N, 2 deg. 30 min. N.
Ici je m'en retournai.

Neuvième voûte, sep-tième coude.	Hauteur..	1	1
	Largeur..	3	
	Longueur.	28	2

Au N-N-O, 5 deg. 3
min. O ; corrigez N-O, 3
deg. 30 min. O. Il faut
marcher le tiers de cette
voûte sur le ventre. Il y a
deux ans cette partie était
plus praticable.

Dixième voûte, hui-tième coude.	Hauteur.	2	
	Largeur..	3	
	Longueur.	16	4

Au bout sont des fla- ques d'eau : la voûte me- nace de s'écrouler en deux ou trois endroits.	Onzième voûte.		t.	p.
		Hauteur..	0	2
		Largeur..	1	4
		Longueur.	6	0

D'après ce tableau, la longueur totale de la caverne est de 343 toises.

Nous revînmes le soir à la ville.

Cette course me mit en goût d'en faire d'autres. Il y avait long-temps que j'étais invité par un habitant de la Rivière-Noire, appelé M. de Messin, à l'aller voir ; il demeure à sept lieues du Port-Louis. Je profitai de sa pirogue qui venait toutes les semaines au port. Le patron vint m'avertir, et je m'embarquai à minuit. La pirogue est une espèce de bateau formé d'une seule pièce de bois, qui va à la rame et à la voile. Nous y étions neuf personnes.

A minuit et demi nous sortîmes du port en ramant. La mer était fort houleuse, elle brisait beaucoup sur les récifs. Souvent nous passions dans leur écume sans les apercevoir ; car la nuit était fort obscure. Le patron me dit qu'il ne pouvait pas continuer sa route avant que le jour fût venu, et qu'il allait mettre à terre.

Nous pouvions avoir fait une lieue et demie; il vint mouiller un peu au-dessous de
la petite rivière. Les noirs me descendirent
au rivage sur leurs épaules, après quoi ils
prirent deux morceaux de bois, l'un de veloutier, l'autre de bambou, et ils allumèrent
du feu en les frottant l'un contre l'autre.
Cette méthode est bien ancienne; les Romains s'en servaient. Pline dit qu'il n'y a
rien de meilleur que le bois de lierre frotté
avec le bois de laurier.

Nos gens s'assirent autour du feu en fumant
leur pipe. C'est une espèce de creuset au
bout d'un gros roseau; ils se le prêtent tour-
à-tour. Je leur fis distribuer de l'eau-de-vie,
et je fus me coucher sur le sable, entouré de
mon manteau.

On me réveilla à cinq heures pour me
rembarquer. Le jour étant venu à paraître,
je vis le sommet des montagnes couvert de
nuages épais qui couraient rapidement; le
vent chassait la brume dans les vallons; la
mer blanchissait au large; la pirogue portait
ses deux voiles et allait très-vite.

Quand nous fûmes à l'endroit de la côte,

21

appelé Flicq-en-Flacq, environ à une demi-
lieue de terre, nous trouvâmes une lame cla-
poteuse, et nous fûmes chargés de plusieurs
rafales qui nous obligèrent d'amener nos
voiles. Le patron me dit dans son mauvais
patois : « Ça n'a pas bon, Monsié. » Je lui
demandai s'il y avait quelque danger, il me
répondit deux fois : « Si nous n'a pas gagné
»malheur, ça bon. » Enfin il me dit qu'il y
avait quinze jours qu'au même endroit la
pirogue avait tourné, et qu'il s'était noyé un
de ses camarades.

Nous avions le rivage au vent, tout bordé
de roches, où il n'est pas possible de débarquer; d'arriver au vent, cette manœuvre
nous portait au-dessous de l'île que nous
n'eussions jamais rattrappée : il fallait tenir
bon. Nous étions à la rame, ne pouvant plus
porter de voile. Le ciel se chargeait de plus
en plus, il fallait se hâter. Je fis boire de
l'eau-de-vie à mes rameurs ; après quoi, à
force de bras et au risque d'être vingt fois
submergés, nous sortîmes des lames, et nous
parvînmes à nous mettre à l'abri du vent, en
longeant la terre entre les récifs et le rivage.

Pendant le mauvais temps, les noirs eurent
l'air aussi tranquille que s'ils eussent été à
terre. Ils croient à la fatalité. Ils ont pour la
vie une indifférence qui vaut bien notre philosophie.

Je descendis à l'embouchure de la Rivière-
Noire sur les neuf heures du matin; le maître
de l'habitation ne comptait pas ce jour-là sur
le retour de sa pirogue; j'en fus comblé d'a-
mitiés. Son terrain comprend tout le vallon
où coule la rivière. Il est mal figuré sur la
carte de l'abbé de La Caille; on y a oublié
une branche de montagne sise sur la rive
droite qui prend au morne du Tamarin. De
plus, le cours de la rivière n'est pas en ligne
droite; à une petite lieue de son embouchure, il tourne sur la gauche. Ce savant as-
tronome ne s'est assujetti qu'au circuit de l'île.
J'ai fait quelques additions sur son plan, afin
de tirer quelque fruit de mes courses.

Tout abonde à la Rivière-Noire, le gibier,
les cerfs, le poisson d'eau douce et celui de
mer. Un jour à table on vint nous avertir
qu'on avait vu des lamentins dans la baie;
aussitôt nous y courûmes. On tendit des filets

à l'entrée, et après en avoir rapproché les deux bouts sur le rivage, nous y trouvâmes des raies, des carangues, des sabres et trois tortues de mer; les lamentins s'étaient échappés.

Il règne beaucoup d'ordre dans cette habitation, ainsi que dans toutes celles où j'ai été. Les cases des noirs sont alignées comme les tentes d'un camp. Chacun a un petit coin de jardin où croissent du tabac et des courges. On y élève beaucoup de volailles et des troupeaux. Les sauterelles y font un tort infini aux récoltes. Les denrées s'y transportent difficilement à la ville, parce que les chemins sont impraticables par terre, et que par mer le vent est toujours contraire pour aller au port.

Après m'être reposé quelques jours, je résolus de revenir à la ville en faisant un circuit par les plaines de Williams. Le maître de la maison me donna un guide, et me prêta une paire de pistolets dans la crainte des noirs marrons.

Je partis à deux heures après midi pour aller coucher à Palma, habitation de M. de

Cossigny, située à trois lieues de là. Il n'y a que des sentiers au milieu des rochers ; il faut aller nécessairement à pied. Quand j'eus monté et descendu la chaîne de montagnes de la Rivière-Noire, je me trouvai dans de grands bois où il n'y a presque rien de défriché. Le sentier me conduisit à une habitation qui se trouve la seule de ces quartiers : il passe précisément à côté de la maison. Le maître était sur sa porte, nu-jambes, les bras retroussés, en chemise et en caleçon. Il s'amusait à frotter un singe avec des mûres rouges de Madagascar : lui-même était tout barbouillé de cette couleur. Cet homme était Européen, et avait joui en France d'une fortune considérable qu'il avait dissipée. Il menait là une vie triste et pauvre, au milieu des forêts, avec quelques noirs, et sur un terrain qui n'était pas à lui.

De là, après une demi-heure de marche, j'arrivai sur le bord de la rivière du Tamarin, dont les eaux coulaient avec grand bruit dans un lit de rochers. Mon noir trouva un gué, et me passa sur ses épaules. Je voyais devant moi la montagne fort élevée des Trois-Mamelles, et c'était de l'autre côté qu'était l'habitation de Palma. Mon guide me faisait longer cette montagne en m'assurant que nous ne tarderions pas à trouver les sentiers qui mènent au sommet. Nous la dépassâmes après avoir marché plus d'une heure. Je vis mon homme déconcerté ; je revins sur mes pas, et j'arrivai au pied de la montagne lorsque le soleil allait se coucher. J'étais très-fatigué ; j'avais soif : si j'avais eu de l'eau, je serais resté là pour y passer la nuit.

Je pris mon parti ; je résolus de monter à travers les bois, quoique je ne visse aucune espèce de chemin. Me voilà donc à gravir dans les roches, tantôt me tenant aux arbres, tantôt soutenu par mon noir qui marchait derrière moi. Je n'avais pas marché une demi-heure, que la nuit vint ; alors je n'eus plus d'autre guide que la pente même de la montagne. Il ne faisait point de vent, l'air était chaud ; je ne saurais vous dire ce que je souffris de la soif et de la fatigue. Plusieurs fois je me couchai, résolu d'en rester là. Enfin, après des peines incroyables, je m'aperçus que je cessais de monter ; bientôt après je sentis au visage une fraîcheur de vent de sud-est, et je vis au loin des feux dans la campagne. Le côté que je quittais était couvert d'une obscurité profonde.

Je descendis en me laissant souvent glisser malgré moi. Je me guidais au bruit d'un ruisseau, où je parvins enfin tout brisé. Quoique tout en sueur, je bus à discrétion ; et, ayant senti de l'herbe sous ma main, je trouvai, pour surcroît de bonheur, que c'était du cresson, dont je dévorai plusieurs poignées. Je continuai ma marche vers le feu que j'apercevais, ayant la précaution de tenir mes pistolets armés, dans la crainte que ce ne fût une assemblée de noirs marrons ; c'était un défriché dont plusieurs troncs d'arbres étaient en feu. Je n'y trouvai personne. En vain, je prêtais l'oreille et je criais, dans l'espérance au moins que quelque chien aboierait ; je n'entendis que le bruit éloigné du ruisseau, et le murmure sourd du vent dans les arbres.

Mon noir et mon guide prirent des tisons allumés, et, avec cette faible clarté, nous marchâmes, dans les cendres de ce défriché, vers un autre feu plus éloigné. Nous y trou-

vâmes trois nègres qui gardaient des troupeaux. Ils appartenaient à un habitant voisin
de M. de Cossigny. L'un d'eux se détacha et
me conduisit à Palma. Il était minuit, tout le
monde dormait, le maître était absent; mais
le noir économe m'offrit tout ce que je voulus.
Je partis de grand matin pour me rendre, à
deux lieues de là, chez M. Jacob, habitant
du haut des plaines de Williams; je trouvai
par-tout de grandes routes bien ouvertes.
Je longeai la montagne du Corps-de-garde,
qui est tout escarpée, et j'arrivai de bonne
heure chez mon hôte, qui me reçut avec toute
sorte d'amitiés.

L'air, dans cette partie, est beaucoup plus
frais qu'au port et qu'au lieu que je quittais.
Je me chauffais le soir avec plaisir. C'est un
des quartiers de l'île le mieux cultivé. Il est
arrosé de beaucoup de ruisseaux, dont quelques-uns, comme celui de la Rivière-Pro-
fonde, coulent dans des ravins d'une profondeur effrayante. Je m'en approchai en retournant à la ville; le chemin passe très-près du
bord; je m'estimai à plus de trois cents pieds
d'élévation de son lit. Les côtés sont couverts de

cinq ou six étages de grands arbres : cette vue donne des vertiges.

A mesure que je descendais vers la ville, je sentais la chaleur renaître, et je voyais les herbes perdre insensiblement leur verdure, jusqu'au port, où tout est sec.

Au Port-Louis de l'Ile-de-France, ce 15 août 1769.

~~~~~~

LETTRE XVII.

VOYAGE, A PIED, AUTOUR DE L'ILE.

UN officier m'avait proposé de faire le tour de l'île à pied ; mais, quelques jours avant le départ, il s'excusa : je résolus d'exécuter seul ce projet.

Je pouvais compter sur Côte, ce noir du roi, qui m'avait déjà accompagné ; il était petit, suivant la signification de son nom, mais il était très-robuste. C'était un homme d'une fidélité éprouvée, parlant peu, sobre, et ne s'étonnant de rien.

J'avais acheté un esclave depuis peu, à qui j'avais donné votre nom, comme un bon augure pour lui. Il était bien fait, d'une figure intéressante, mais d'une complexion délicate ; il ne parlait point français.

Je pouvais encore compter sur mon chien,

pour veiller la nuit, et aller le jour à la découverte.

Comme je savais bien que je serais plus
d'une fois seul, sans gîte dans les bois, je
me pourvus de tout ce que je crus nécessaire
pour moi et pour mes gens. Je fis mettre à
part une marmite, quelques plats, dix-huit
livres de riz, douze livres de biscuit, autant
de maïs, douze bouteilles de vin, six bouteilles d'eau-de-vie, du beurre, du sucre,
des citrons, du sel, du tabac, un petit hamac
de coton, un peu de linge, un plan de l'île
dans un bambou, quelques livres, un sabre,
un manteau : le tout ensemble pesait deux
cents livres. Je partageai toute ma cargaison
en quatre paniers, deux de soixante livres et
deux de quarante. Je les fis attacher au bout
de deux forts roseaux. Côte se chargea du
poids le plus fort, Duval prit l'autre. Pour
moi, j'étais en veste, et je portais un fusil à
deux coups, une paire de pistolets de poche,
et mon couteau de chasse.

Je résolus de commencer mon voyage par
la partie de l'île qui est sous le vent. Je me
proposai de suivre constamment le bord de la

mer, afin de pouvoir tracer un système de
la défense de l'île, et de faire, dans l'occa-
sion, quelques observations d'histoire naturelle.

M. de Chazal s'offrit de m'accompagner
jusqu'à sa terre, à cinq lieues de la ville, aux
plaines Saint-Pierre. M. le marquis d'Albergati se mit encore de la partie.

Nous partîmes de bon matin le 26 août
1769; nous prîmes le long du rivage. Depuis
le fort Blanc, sur la gauche du port, la mer
se répand sur cette grève, qui n'est point escarpée, jusqu'à la pointe de la plaine aux Sables. On a construit là la batterie de Paulmy.
Le débarquement serait impossible sur cette
plage, parce qu'à deux portées de fusil, il
y a un banc de récifs qui la défend naturellement. Depuis la batterie de Paulmy, le rivage devient à pic; la mer y brise de manière qu'on ne peut y aborder. Quant à la
plaine, elle serait impraticable à la cavalerie
et à l'artillerie, par la quantité prodigieuse de
roches dont elle est couverte. Il n'y a point
d'arbres; on y voit seulement quelques ma-
pous et des veloutiers : l'escarpement finit à

la Baie de la petite rivière, où il y a une petite batterie.

Nous trouvâmes là un homme de mérite,
trop peu employé, M. de Séligny, chez lequel nous dînâmes. Il nous fit voir le plan de
la machine avec laquelle il traça un canal au
vaisseau *le Neptune*, échoué dans l'ouragan
de 1760. C'étaient deux râteaux de fer mis en
action par deux grandes roues portées sur
des barques : ces roues augmentaient leur
effet en agissant sur des leviers supportés
par des radeaux.

Nous vîmes un moulin à coton de son in-
vention : l'eau le faisait mouvoir. Il était
composé d'une multitude de petits cylindres
de métal posés parallèlement. Des enfants
présentent le coton à deux de ces cylindres,
le coton passe et la graine reste. Ce même
moulin servait à entretenir le vent d'une forge,
à battre des grains et à faire de l'huile. Il
nous apprit qu'il avait trouvé une veine de
charbon de terre, un filon de mine de fer,
une bonne terre à faire des creusets, et que
les cendres des *songes*, espèce de nymphæa,
brûlées avec du charbon, donnaient des

22

verres de différentes couleurs. Nous quittâmes, l'après-midi, ce citoyen utile et mal récompensé.

Nous suivîmes un sentier qui s'éloigne du rivage, d'une portée de fusil. Nous passâmes à gué la rivière Belle-Ile, dont l'embouchure est fort encaissée. A un quart de lieue de là, on entre dans un bois qui conduit à l'habitation de M. de Chazal. Ce terrain, qu'on appelle les plaines Saint-Pierre, est encore plus couvert de rochers que le reste de la route. En plusieurs endroits, nos noirs étaient obligés de mettre bas leurs charges, et de nous donner la main pour grimper. Une demi-heure avant d'arriver, Duval, ne pouvant plus supporter sa charge, la mit bas. Nous nous trouvâmes fort embarrassés, car il faisait nuit, et les autres noirs avaient pris les devants. Comment le retrouver au milieu des herbes et des bois? J'allumai du feu avec mon fusil, et nous l'entretînmes avec de la paille et des branches sèches ; après quoi, nous laissâmes là Duval, et lorsque nous fûmes arrivés à la maison, nous envoyâmes des noirs le chercher avec ses paniers.

Toute la côte est fort escarpée depuis la petite rivière jusqu'aux plaines Saint-Pierre. Nos curieux avaient trouvé dans les rochers la pourpre de Panama, la bouche-d'argent, des nérites, et des oursins à longues pointes. Sur le sable, on ne trouve que des débris de cames, de rouleaux, et de grappes-de-raisin, espèces de coraux.

Nous avions marché cinq heures le matin, et quatre heures l'après-midi.

DU 27 AOUT 1769.

Nous nous reposâmes tout le jour. Tout ce terrain pierreux est assez propre à la culture du coton, dont cependant le fil est court. Le café y est d'une bonne qualité, mais d'un faible rapport, comme dans tous les endroits secs.

LE 28.

Mes compagnons voulurent m'accompagner jusqu'à la dînée : nous nous mîmes en route à huit heures du matin.

Nous passâmes d'abord la rivière du Dra-

gon à gué, ensuite celle du Galet de la même
manière. La côte cesse là d'être escarpée, et
nous eûmes le plaisir de marcher sur le
sable, le long de la mer, dans une grande
plaine qui mène jusqu'à l'anse du Tamarin :
elle peut avoir un quart de lieue de largeur,
sur plus d'une lieue de longueur. Il n'y croît
rien. On pourrait, ce me semble, y planter
des cocotiers, qui se plaisent dans le sable.
A droite, il y a un ruisseau de mauvaise eau,
qui coule le long des bois.

Nous trouvâmes, dans des endroits que la
mer ne couvre plus, des couches de madrépores fossiles, ce qui prouve qu'elle s'est
éloignée de cette côte. * Nous dînâmes sur la
rive droite de l'anse ; ensuite nous nous quitt-
tâmes en nous embrassant, et nous souhai-
tant un bon voyage. Nous avions trouvé, sur
le sable, des débris de harpes, et d'olives
très-grosses.

* J'observai que là, où la mer étale, indépen-
damment des récifs du large, il y a à terre une espèce
d'enfoncement ou chemin couvert naturel. On y pourrait mettre du canon ; mais avant tout, il faudrait des
chemins,

De la Rivière-Noire, il n'y avait plus qu'une petite lieue à faire pour aller coucher chez M. de Messin. Je passai d'abord à gué le fond de l'anse du Tamarin, et de là je suivis le bord de la mer avec beaucoup de fatigue : il est escarpé jusqu'à la Rivière-Noire. Je trouvai, le long de ses rochers, beaucoup d'espèces de crabes, et cette espèce de boudin dont j'ai parlé.

Le fond de l'anse est de sable, et on y pourrait débarquer, si ces positions rentrantes n'exposaient à des feux croisés. Une batterie à la pointe de sable de la rive droite de la Rivière-Noire, y serait fort utile. J'avais marché trois heures le matin, et trois heures l'après-midi.

LE 29 ET LE 30.

A marée basse je fus me promener sur le bord de la mer : j'y trouvai le grand buccin, et une espèce de faux-amiral.

LE 31.

Je partis à six heures du matin. Je passai

22*

la première Rivière-Noire à gué, **près de la maison** ; ensuite ayant voulu couper une petite presqu'île couverte de bois et de pierres, je m'embarrassai dans les herbes, et j'eus beaucoup de peine à retrouver le sentier; il me mena sur le rivage, que je côtoyai, la marée étant basse. Sur toute cette plage, il y a beaucoup d'huîtres collées aux rochers : Duval, mon nouveau noir, se coupa le pied profondément, en marchant sur leurs écailles : c'était à l'une des deux embouchures de la petite Rivière-Noire. Nous fîmes halte en cet endroit sur les huit heures du matin : je lui fis bassiner sa plaie, et boire de l'eau-de-vie, ainsi qu'à Côte. Comme ils étaient fort chargés, je pris le parti de faire deux haltes par jour, qui coupassent mes deux courses du matin et du soir, et de leur donner alors quelques rafraîchissements. Cette légère douceur les remplit de force et de bonne volonté : ils m'eussent volontiers suivi ainsi jusqu'au bout du monde.

Entre les deux embouchures de la Rivière-Noire, un cerf poursuivi par des chiens et des chasseurs, vint droit à moi. Il pleurait et

bramait : ne pouvant pas le sauver, et ne
voulant pas le tuer, je tirai un de mes coups
en l'air. Il fut se jeter à l'eau, où les chiens
en vinrent à bout. Pline observe que cet animal, pressé par une meute, vient se jeter à la
merci de l'homme. Je m'arrêtai au premier
ruisseau qu'on trouve après avoir passé les
deux Rivières-Noires : il se jette à la mer
vis-à-vis un petit îlot, appelé l'îlot du Tamarin, qui n'est pas sur la carte; on y va à pied
à mer basse, et à l'îlot du Morne, où quelquefois l'on met les vaisseaux en quaran-
taine.

J'avais tout ce qui était nécessaire à mon
dîner, hors la bonne chère. Je vis passer le
long du rivage, une pirogue pleine de pêcheurs malabares. Je leur demandai s'ils n'a-
vaient point de poisson; ils m'envoyèrent un
fort beau mulet, dont ils ne voulurent pas
d'argent. Je fis mettre ma cuisine au pied
d'un tatamaque : j'allumai du feu; un de mes
noirs fut chercher du bois, l'autre de l'eau,
celle de cet endroit étant saumâtre. Je dînai
très-bien de mon poisson, et j'en régalai mes
gens.

J'observai des blocs de roche ferrugineuse, très-abondante en minéral. Il y a une bande de récifs qui s'étend depuis la Rivière-Noire jusqu'au morne Brabant, qui est la pointe de l'île, tout-à-fait sous le vent. Il n'y a qu'un passage pour venir à terre derrière le petit îlot du Tamarin.

A deux heures après midi je partis, en mettant plus d'ordre dans ma marche. J'allais faire plus de vingt lieues dans une partie déserte de l'île, où il n'y a que deux habitants. C'est là que se réfugient les noirs marrons. Je défendis à mes gens de s'écarter : mon chien même qui me devançait toujours, ne me précédait plus que de quelques pas ; à la moindre alerte, il dressait les oreilles et s'arrêtait ; il sentait qu'il n'y avait plus d'hommes. Nous marchâmes ainsi en bon ordre, en suivant le rivage, qui forme une infinité de petites anses. A gauche nous longions les bois, où règne la plus profonde solitude. Ils sont adossés à une chaîne de montagnes peu élevées, dont on voit la cime ; ce terrain n'est pas fort bon. Nous y vîmes cependant des polchers, arbre venu des Indes, et d'autres

preuves qu'on y avait commencé des établis-
sements. J'avais eu la précaution de prendre
quelques bouteilles d'eau, et je fis bien, car
je trouvai les ruisseaux, marqués sur le plan,
absolument desséchés.

J'avais des inquiétudes sur la blessure de
mon noir, qui saignait continuellement ; je
marchais à petit pas ; nous fîmes une halte à
quatre heures. Comme la nuit s'approchait,
je ne voulus point faire le tour du morne ;
mais je le coupai dans le bois, par l'isthme qui
le joint aux autres montagnes. Cet isthme
n'est qu'une médiocre colline. Étant sur cette
hauteur, je rencontrai un noir appartenant à
M. Le Normand, habitant chez lequel j'allais
descendre, et dont la maison était à un quart
de lieue. Cet homme nous devança pendant
que je m'arrêtais avec plaisir à considérer le
spectacle des deux mers. Une maison placée
en cet endroit y serait dans une situation charmante ; mais il n'y a pas d'eau. Comme je
descendais ce monticule, un noir vint au-
devant de moi avec une carafe pleine d'eau
fraîche, et m'annonça que l'on m'attendait à
la maison. J'y arrivai. C'était une longue

case de palissades, couverte de feuilles de latanier. Toute l'habitation consistait en huit noirs, et la famille en neuf personnes : le maître et la maîtresse, cinq enfants, une jeune parente et un ami. Le mari était absent ; voilà ce que j'appris avant d'entrer.

Je ne vis dans toute la maison qu'une seule pièce ; au milieu, la cuisine ; à une extrémité, les magasins et les logements des domestiques ; à l'autre bout, le lit conjugal, couvert d'une toile sur laquelle une poule couvait ses œufs ; sous le lit, des canards ; des pigeons sous la feuillée, et trois gros chiens à la porte. Aux parois étaient accrochés tous les meubles qui servent au ménage ou au travail des champs. Je fus véritablement surpris de trouver dans ce mauvais logement une dame très-jolie. Elle était Française, née d'une famille honnête, ainsi que son mari. Ils étaient venus, il y avait plusieurs années, chercher fortune ; ils avaient quitté leurs parents, leurs amis, leur patrie, pour passer leurs jours dans un lieu sauvage, où l'on ne voyait que la mer, et les escarpements affreux du morne Brabant : mais l'air de contente-

ment et de bonté de cette jeune mère de famille, semblait rendre heureux tout ce qui
l'approchait. Elle allaitait un de ses enfants;
les quatre autres étaient rangés autour d'elle,
gais et contents.

La nuit venue, on servit avec propreté
tout ce que l'habitation fournissait. Ce souper me parut fort agréable. Je ne pouvais
me lasser de voir ces pigeons voler autour de
la table, ces chèvres qui jouaient avec les
enfants, et tant d'animaux réunis autour de
cette famille charmante. Leurs jeux paisibles,
la solitude du lieu, le bruit de la mer, me
donnaient une image de ces premiers temps
où les filles de Noé, descendues sur une
terre nouvelle, firent encore part aux espèces
douces et familières, du toit, de la table et
du lit.

Après souper, on me conduisit coucher à
deux cents pas de là, à un petit pavillon en
bois, que l'on venait de bâtir. La porte n'était
pas encore mise, j'en fermai l'ouverture avec
les planches dont on devait la faire. Je mis
mes armes en état; car cet endroit est environné de noirs marrons. Il y a quelques an-

nées que quarante d'entre eux s'étaient reti-
rés sur le morne, où ils avaient fait des
plantations : on voulut les forcer ; mais plutôt
que de se rendre, ils se précipitèrent tous
dans la mer.

LE 1ᵉʳ SEPTEMBRE.

Le maître de la maison étant revenu pendant la nuit, il m'engagea à différer mon
départ jusqu'à l'après-midi : il voulait m'accompagner une partie du chemin. Il n'y avait
que trois petites lieues de là à Belle-Ombre,
dernière habitation où je devais coucher.
Comme mon noir était blessé, la jeune dame
voulut elle-même lui préparer un remède
pour son mal. Elle fit sur le feu une espèce
de baume samaritain, avec de la térébenthine, du sucre, du vin et de l'huile. Après
l'avoir fait panser, je le fis partir d'avance
avec son camarade. A trois heures après
dîner je pris congé de cette demeure hospita-
lière, et de cette femme aimable et vertueuse.
Nous nous mîmes en route, son mari et moi ;
c'était un homme très-robuste : il avait le

visage, les bras et les jambes brûlés du soleil. Lui-même travaillait à la terre, à abattre
les arbres, à les charier; mais il ne souffrait,
disait-il, que du mal que se donnait sa femme
pour élever sa famille : elle s'était encore,
depuis peu, chargée d'un orphelin. Il ne me
conta que ses peines, car il vit bien que je
sentais son bonheur.

Nous passâmes un ruisseau près de la maison, et nous marchâmes sur la pelouse jusqu'à la pointe du Corail. Dans cet endroit la
mer pénètre dans l'île, entre deux chaînes
de rochers à pic : il faut suivre cette chaîne,
en marchant par des sentiers rompus, et en
s'accrochant aux pierres. Le plus difficile est
de l'autre côté de l'anse, en doublant la
pointe appelée le Cap. J'y vis passer des
noirs; ils se collaient contre les flancs du roc :
s'ils eussent fait un faux pas, ils tombaient
à la mer. Dans les gros temps ce passage est
impraticable; la mer s'y engouffre, et y brise
d'une manière effroyable. En calme, les petits vaisseaux entrent dans l'anse, au fond de
laquelle ils chargent du bois. Heureusement
il s'y trouva *le Désir,* senau du roi : il nous

-prêta sa chaloupe pour passer le détroit.
M. Le Normand me conduisit de l'autre côté,
et nous nous dîmes adieu en nous embrassant
cordïalement.

J'arrivai, en trois heures de marche sur
une pelouse continuelle, au delà de la pointe
de Saint-Martin. Souvent j'allais sur le sable,
et quelquefois sur ce gazon fin, qui croît par
flocons épais comme la mousse. Dans cet endroit je trouvai une pirogue, où M. Étienne,
associé à l'habitation de Belle-Ombre, m'attendait. Nous fûmes en peu de temps rendus
à sa maison, située à l'entrée de la rivière
des Citronniers. On construisait, sur la rive
gauche, un vaisseau de deux cents tonneaux.

Depuis M. Le Normand, toute cette partie
est d'une fraîcheur et d'une verdure charmante : c'est une savanne sans roche, entre
la mer et les bois, qui sont très-beaux.

Avant de passer le Cap, on remarque un
gros banc de corail, élevé de plus de quinze
pieds. C'est une espèce de récif que la mer
a abandonné : il règne au pied une longue
flaque d'eau, dont on pourrait faire un bassin
pour de petits vaisseaux. Depuis le morne

Brabant, il y a, au large, une ceinture de brisants, où il n'y a de passage que vis-à-vis les rivières.

DU 2.

Le remède appliqué à la blessure de mon noir l'ayant presque guéri, je fixai mon départ à l'après-midi. Le matin, je me promenai en pirogue, entre les récifs et la côte. L'eau du fond était très-claire : on y voyait des forêts de madrépores de cinq ou six pieds d'élévation, semblables à des arbres : quelques-uns avaient des fleurs. Différentes espèces de poissons de toutes couleurs nageaient dans leurs branches : on y voyait serpenter de belles coquilles, entre autres une tonne magnifique, que le mouvement de la pirogue effraya; elle fut se nicher sous une touffe de corail. J'aurais fait une riche collection, mais je n'avais ni plongeur, ni pince de fer, pour soulever les plantes de ce jardin maritime, et pour déraciner ces arbres de pierre. J'en rapportai le rocher appelé l'oreille-de-Midas, le drap-d'or, et quelques gros rouleaux garnis de leur peau velue.

Nous eûmes à dîner deux officiers du *Désir*, qui, conjointement avec M. Étienne, voulurent m'accompagner jusqu'au bras de mer de la Savanne, à trois lieues de là. Personne n'y demeure, mais il y a quelques cases de paille. Le matin on avait fait partir d'avance tous les noirs; après midi je me mis en route, et je pris seul les devants. J'arrivai au Poste-Jacotet : c'est un endroit où la mer entre dans les terres, en formant une baie de forme ronde. On voit, au milieu, un petit îlot triangulaire : cette anse est entourée d'une colline qui la clôt, comme un bassin. Elle n'est ouverte qu'à l'entrée, où passe l'eau de la mer, et au fond, où coulent, sur un beau sable, plusieurs ruisseaux qui sortent d'une pièce d'eau douce, où je vis beaucoup de poissons. Autour de cette pièce d'eau sont plusieurs monticules qui s'élèvent les uns derrière les autres, en amphithéâtre. Ils étaient couronnés de bouquets d'arbres, les uns en pyramide comme des ifs, les autres en parasol : derrière eux s'élançaient quelques têtes de palmistes, avec leurs longues flèches garnies de panaches. Toute cette masse de verdure,

qui s'élève du milieu de la pelouse, se réunit
à la forêt et à une branche de montagne qui
se dirige à la Rivière-Noire. Le murmure des
sources, le beau vert des flots marins, le
souffle toujours égal des vents, l'odeur par-
fumée des veloutiers, cette plaine si unie,
ces hauteurs si bien ombragées, semblaient
répandre autour de moi la paix et le bonheur.
J'étais fâché d'être seul : je formais des pro-
jets ; mais du reste de l'univers, je n'eusse
voulu que quelques objets aimés, pour passer
là ma vie.

Je quittai à regret ces beaux lieux. A peine
j'avais fait deux cents pas que je vis venir à
ma rencontre une troupe de noirs armés de
fusils. Je m'avançai vers eux, et je les recon-
nus pour des noirs de détachement, sorte de
maréchaussée de l'île : ils s'arrêtèrent auprès
de moi. L'un d'eux portait dans une calebasse
deux petits chiens nouveau-nés ; un autre
menait une femme attachée par le cou à une
corde de jonc : c'était le butin qu'ils avaient
fait sur un camp de noirs marrons qu'ils venaient de dissiper. Ils en avaient tué un,
dont ils me montrèrent le gri-gri, espèce de

23*

talisman fait comme un chapelet. La négresse paraissait accablée de douleur. Je l'interrogeai ; elle ne me répondit pas. Elle portait sur le dos un sac de vacoa. Je l'ouvris. Hélas ! c'était une tête d'homme. Le beau paysage disparut, je ne vis plus qu'une terre abominable. *

Mes compagnons me retrouvèrent comme je descendais par une pente difficile au bras de mer de la Savanne. Il était nuit, nous nous assîmes sous des arbres dans le fond de l'anse : on alluma des flambeaux, et on servit à souper.

On parla des noirs marrons ; car ils avaient aussi rencontré le détachement où était cette malheureuse, qui portait peut-être la tête de son amant ! M. Étienne nous dit qu'il y avait des troupes de deux et trois cents noirs fugitifs aux environs de Belle-Ombre, qu'ils élisaient un chef auquel ils obéissaient sous peine de la vie. Il leur est défendu de rien prendre dans les habitations du voisinage,

* Cette femme appartenait à un habitant appelé M. de Laval.

d'aller le long des rivières fréquentées chercher du poisson ou des *songes*. La nuit, ils
descendent à la mer pour pêcher; le jour, ils
forcent des cerfs dans l'intérieur des bois avec
des chiens bien dressés. Quand il n'y a
qu'une femme dans la troupe, elle est pour
le chef; s'il y en a plusieurs, elles sont communes. Ils tuent, dit-on, les enfants qui en
naissent, afin que leurs cris ne les dénoncent
pas. Ils s'occupent tous les matins à jeter les
sorts pour présager la destinée du jour.

Il nous conta qu'étant à la chasse l'année
précédente, il rencontra un noir marron,
que s'étant mis à le poursuivre en l'ajustant,
son fusil manqua jusqu'à trois fois. Il allait
l'assommer à coups de crosse, lorsque deux
négresses sortirent du bois, et vinrent en
pleurant se jeter à ses pieds. Le noir profita
du moment et s'enfuit. Il amena chez lui ces
deux généreuses créatures; il nous en avait
montré une le matin.

Nous passâmes la nuit sous des paillottes.

J'avais remarqué qu'on pouvait faire du
Poste-Jacotet, cette position si riante, un
très-bon port pour de petits vaisseaux, en

ôtant du bassin quelques plateaux de corail.
Le bras de mer de la Savanne sert aussi aux
embarcations des gaulettes. Toute cette partie est la plus belle portion de l'île ; cependant elle est inculte, parce qu'il est difficile
d'y communiquer avec le chef-lieu, à cause
des montagnes de l'intérieur, et par la difficulté de revenir au vent du port en doublant
le morne Brabant.

LE 3 SEPTEMBRE.

M. Étienne et M. de Clèzemure, capitaine
du *Désir*, vinrent m'accompagner jusqu'au
bord de la rive gauche de la Savanne, qui est
encore plus escarpée que la rive droite ; en
cet endroit leurs chiens forcèrent un cerf. Je
pris congé d'eux, pour faire seul les douze
lieues qui restaient, dans un pays où il n'y a
plus d'habitants.

J'observai, chemin faisant, que la prairie
devenait plus large, les bois plus épais et plus
beaux. Les montagnes sont enfoncées dans
l'intérieur ; on n'en voit que les sommets dans
le lointain.

De temps en temps je trouvai quelques ravins. En deux heures de marche, je passai trois rivières à gué. La seconde, qui est celle des Anguilles, est assez difficile; son lit est plein de rochers, et son courant rapide. Il s'y jette des sources d'eau ferrugineuse qui la couvrent d'une huile couleur de gorge-de-pigeon.

Chemin faisant, je vis un de ces éperviers appelés mangeurs de poules. Il était perché sur un tronc de latanier; je l'ajustai presque à bout portant, les deux amorces de mon fusil s'embrasèrent, et les coups ne partirent pas. L'oiseau resta tranquille, et je le laissai là. Cette petite aventure me fit faire attention à tenir mes armes en meilleur état, en cas d'attaque des noirs marrons.

Je m'arrêtai sur la rive gauche de la troisième rivière, au bord de la mer, sur des plateaux de rochers ombragés par un veloutier. Mes noirs m'en firent une espèce de tente en jetant mon manteau dessus les branches. Ils me firent à dîner, et me pêchèrent quelques conques persiques et des oreilles-de-Midas.

A deux heures après dîner, je me mis en route, mon fusil en bon état et mes gens en bon ordre. Les surprises n'étaient point à craindre : la plaine est découverte, et les bois assez éloignés. Le sentier était très-beau et sablé. Pour marcher plus à mon aise, et n'être pas obligé de me déchausser au passage de chaque rivière, je résolus de marcher nu-pieds comme les chasseurs du matin. * Cette façon d'aller est non-seulement la plus naturelle, mais la plus sûre ; le pied saisit comme une main les angles des rochers. Les noirs ont cette partie si exercée qu'ils s'en servent pour ramasser une épingle à terre. Ce n'est donc pas en vain que la nature divisa ces

---

* L'homme civilisé enferme son pied dans une chaussure ; il est sujet aux cors, que les nègres ne connaissent pas. De toutes les parties de son individu qu'il immole à son opinion, c'est sans doute le sacrifice qui lui coûte le moins. On prétend même qu'il y a un plus grand inconvénient à porter perruque, surtout lorsqu'on se fait raser la tête. On croit que cette opération est cause des apoplexies si fréquentes aujourd'hui, et qui étaient si rares chez les anciens. Je crois même que Pline, qui parle des maladies de son temps, ne fait pas mention de celle-là.

membres en doigts, et les doigts en articulations.

Après avoir fait ces réflexions, je me dé-
chaussai, et je passai à gué la première rivière; mais en sortant de l'eau, je reçus un violent coup de soleil sur les jambes; elles de-
vinrent rouges et enflammées. Au passage de
la seconde, je me blessai à un talon et à un
orteil. En mettant mon pied dans l'eau, j'é-
prouvai à mes blessures une douleur fort vive.
Je renonçai à mon projet, fâché d'avoir perdu
un des avantages de la constitution humaine,
faute d'exercice.

J'arrivai à la rivière du Poste, que je traversai à gué sur le dos de mon noir, à une
portée de canon de son embouchure. Elle
coule avec grand bruit sur des rochers. Ses
eaux sont si transparentes que je distinguais
au fond des limaçons noirs à pointes. J'éprouvai dans ce passage une sorte d'horreur. Le
soleil était près de se coucher; je ne voulus
pas aller plus loin. Je marchai sur les pierres,
le long de sa rive gauche, pour gagner une
paillotte que j'avais aperçue adossée à un des
caps de son embouchure. Il me fut impossible

d'aller jusque là. Ce n'étaient que des monceaux de roches. Je revins sur mes pas, et je
repris le sentier qui me mena au haut du ravin
au bas duquel elle coule. J'aperçus, à main
gauche, dans un enfoncement, un petit bouquet détaché de buissons, d'arbres et de
lianes, dans lequel on ne pouvait pénétrer.
L'idée me vint de m'ouvrir un passage avec
une hache, et de me loger au centre comme
dans un nid. Ce gîte me paraissait sûr ; mais
comme il vint à tomber un peu de pluie, je
pensai qu'il vaudrait mieux encore loger sous
le plus mauvais toit. Je descendis l'enfoncement jusqu'au bord de la mer, et j'eus un
grand plaisir de trouver sur ma droite la paillotte que j'avais aperçue de l'autre rive :
c'était un toit de feuilles de latanier appliqué
contre la roche. A droite, était le chemin
impraticable que j'avais tenté ; à gauche, le
chemin par où j'étais descendu, et devant
moi le bord de la mer. Tout me parut également disposé pour la sûreté et la commo-
dité ; on me fit un lit d'herbes sèches, et je
me couchai. Je fis mettre mes paniers enfilés
de leur bâton, à droite et à gauche de mon

lit, comme des barrières, un de mes noirs à chaque entrée de l'ajoupa, mes pistolets sous mon oreiller, mon fusil auprès de moi, et mon chien à mes pieds.

A peine ces dispositions étaient faites, qu'un frisson me saisit. C'est la suite des coups de soleil, qui sont presque toujours suivis de la fièvre. Mes jambes étaient douloureuses et enflées. On me fit de la limonade ; on alluma de la bougie, et je m'occupai à noter des observations sur ma route, et quelques erreurs sur la carte.

Toute la côte, depuis le bras de mer de la Savanne, est escarpée et inabordable. Les rivières qui s'y jettent sont fort encaissées. Il serait impossible de faire ce chemin à cheval. On s'opposerait aisément à la marche d'une troupe ennemie, chaque rivière étant un fossé d'une profondeur effrayante. Quant au pays, il m'a paru la plus belle portion de l'île.

Sur le minuit, la fièvre me quitta, et je m'endormis. A trois heures et demie du matin, mon chien me réveilla, et sortit de l'ajoupa en aboyant de toutes ses forces. J'appelai Côte, et lui dis de se lever. Je sortis avec mes armes; mais je ne vis qu'un ciel bien étoilé. Mon noir revint au bout de quelques moments, et me dit qu'il avait entendu siffler deux fois auprès du bois. Je fis rallumer le feu ; j'ordonnai à mes gens de veiller, et je posai Côte en sentinelle avec mon sabre.

La mer venait briser dans les rochers, presque jusqu'à ma chaumière. Ce fracas joint à l'obscurité , m'invitait au sommeil; mais je n'étais pas sans inquiétude : j'étais à cinq lieues de toute habitation; si la fièvre me reprenait, je ne savais où trouver des secours. Les noirs marrons me donnaient peu de crainte : mes deux noirs paraissaient bien déterminés, et j'étais dans un lieu où je pouvais soutenir un siége. Après tout, je me félicitai de ne m'être pas campé dans le bosquet.

Dès qu'on put distinguer les objets, je fis boire un verre d'eau-de-vie à mes factionnaires, et je me mis en route : ils commençaient à être bien moins chargés, nos provisions diminuant chaque jour.

DU 4 SEPTEMBRE.

Je partis à cinq heures et demie du matin, résolu de faire un effort pour arriver à la première habitation d'une seule traite.

A peu de distance, nous trouvâmes une petite rivière, et un peu plus loin un ruisseau presque à sec. Après une heure de marche, toute cette belle pelouse qui commence au morne Brabant, finit, et l'on entre sur un terrain couvert de rochers comme dans le reste de l'île. L'herbe, cependant, en est plus verte ; c'est un gramen à large feuille, très-propre au pâturage.

Je passai à gué le bras de mer du Chalan, sur un banc de sable. Il est mal figuré sur le plan. La mer entre profondément dans les terres par un passage étroit, dont je pense qu'on pourrait faire un grand parc pour la pêche, en le barrant de claires-voies.

Je trouvai sur sa rive gauche un ajoupa où je me reposai.

A une demi-lieue de là, le sentier se divise en deux ; je pris celui de la gauche, qui entre dans les bois; il me conduisit dans un grand chemin frayé de chariots. La vue des ornières qui me désignaient le voisinage de quelque maison considérable, me fit un grand plaisir : j'aimais encore mieux voir des pas de cheval que des pas d'homme. Nous arrivâmes à une habitation dont le maître était absent, ce qui nous fit revenir sur nos pas, et suivre un sentier du bois qui nous mena chez un habitant appelé M. Delaunay. Il était temps d'arriver ; je ne pouvais plus me soutenir sur mes jambes qui étaient très-enflées. Il me prêta un cheval pour me rendre à deux lieues de là à l'habitation des prêtres.

Je passai successivement la rivière de la Chaux qui est fort encaissée, et celle des Créoles. A trois quarts de lieue de cette dernière, je traversai en pirogue une des anses du Port du sud-est.

Les bords en sont couverts de mangliers. Tout ce paysage est fort agréable; il est coupé de collines couvertes d'habitations. De temps en temps on traverse des bouquets de bois remplis d'orangers. Il était six heures du soir quand j'arrivai chez le frère directeur de l'habitation. On me bassina les jambes d'eau de fleur de sureau, et je me reposai avec grand plaisir.

DU 5.

Il n'y a qu'une lieue de là au grand Port. Le frère me prêta un cheval, et j'arrivai à la ville sur les dix heures. C'est une espèce de bourg où il y a une douzaine de maisons. Les édifices les plus remarquables sont un moulin ruiné, et le Gouvernement qui ne vaut guère mieux. Derrière la ville est une grande montagne, et devant elle est la mer, qui forme en cet endroit une baie profonde de deux lieues, à compter des récifs de son ouverture, et de quatre lieues de longueur depuis la pointe des deux Cocos jusqu'à celle du Diable.

Je descendis chez le curé.

DES 6, 7 ET 8.

J'étais enchanté de mon hôte, et du paysage que j'avais vu; mais il faut se méfier

24*

des lieux où vient la fleur d'orange : le curé
ne buvait que de l'eau, ainsi que ses paroissiens. Il faut souvent un mois de navigation
pour venir du Port-Louis ; souvent les habitants sont exposés à manquer de tout ce qui
vient d'Europe. Je fis part de mes provisions
à M. Delfolie ; c'était le nom du missionnaire,
qui était un fort honnête homme.

Le Port du sud-est fut d'abord habité par
les Hollandais ; on voit encore un de leurs
anciens édifices qui sert de chapelle. On entre
dans le port par deux passes, l'une à la
pointe du Diable pour les petits vaisseaux ;
l'autre, plus considérable, à côté d'un îlot,
vers le milieu. Il y a deux batteries à ces
deux endroits, et une troisième appelée batterie de la Reine, située au fond de la baie.

Si mon indisposition l'eût permis, j'aurais
examiné les corps étrangers que la mer jette
sur les récifs, pour former quelques conjectures sur les terres qui sont au vent ; mais je
pouvais à peine me soutenir ; la peau de mes
jambes tomba même entièrement.

Voici les observations que je pus recueillir.

Les baleines entrent quelquefois dans le

Port du sud-est, où il serait aisé de les harponner. Cette côte est fort poissonneuse, et c'est l'endroit de l'île où l'on trouve les plus beaux coquillages, entre autres des olives et des vis. On me donna quelques huîtres violettes de l'embouchure de la rivière de la Chaux, et une espèce de cristallisation que l'on trouve au fond du lit de la rivière Sorbès, qui en est voisine.

Je vis pendant trois nuits une comète qui paraissait depuis quinze jours. Son noyau était pâle et nébuleux, sa queue blanche et très-étendue, les rayons en divergeaient peu. Je dessinai sa position dans le ciel, au-dessous des Trois Rois. Sa route était vers l'est, et sa queue dirigée à l'ouest. Le 6, à deux heures et demie du matin, elle me parut élevée de plus de 50 degrés sur l'horizon. Je ne pus rendre mon observation plus précise faute d'instrument.

Je trouvai ici l'air d'une fraîcheur agréable, la campagne belle et fertile; mais ce bourg est si désert que dans un jour je ne vis passer que deux noirs sur la place publique.

LE 9 SEPTEMBRE.

Je me sentais assez rétabli pour continuer ma route dans des lieux habités. Je fixai ma couchée à quatre lieues de là, à l'embouchure de la grande rivière, qui est un peu plus grande que celle qui porte le même nom, près du Port-Louis.

Nous partîmes à six heures du matin, en suivant le rivage qui est découpé d'anses où croissent des mangliers. Il est probable que la mer en a apporté les graines de quelque terre plus au vent. Nous longions, sur la gauche, une chaîne de montagnes élevées, couvertes de bois. La campagne est coupée de petites collines couvertes d'une herbe fraîche ; ce pays, où l'on élève beaucoup de bestiaux, est agréable à voir, mais fatigant à parcourir.

Après avoir marché deux lieues, nous vîmes, sur une hauteur, une belle maison de pierre. Je m'y arrêtai pour m'y reposer ; elle appartenait à un riche habitant appelé La V***. Il était absent. Sa femme était une grande

créole sèche, qui allait nu-pieds suivant l'u-
sage du canton. En entrant dans l'appartement, je la trouvai au milieu de cinq ou six
filles, et d'autant de gros dogues qui voulurent étrangler mon chien; on les mit à la
porte, et madame de La V*** y posa en fac-
tion une négresse nue, qui n'avait pour tout
habit qu'une mauvaise jupe. Je demandai à
passer le temps de la chaleur Après les premiers compliments, un des chiens trouva le
moyen de rentrer dans la salle, et le vacarme
recommença. Madame de La V*** tenait à la
main une queue de raie épineuse; elle en lâ-
cha un coup sur les épaules nues de l'esclave
qui en furent marquées d'une longue taillade,
et un revers sur le mâtin qui s'enfuit en hur-
lant.

Cette dame me conta qu'elle avait manqué
de se noyer en allant en pirogue harponner
la tortue sur les brisants. Elle allait, dans les
bois, à la chasse des noirs marrons; elle s'en
faisait honneur : mais elle me dit que le gouverneur lui avait reproché de chasser le cerf,
ce qui est défendu; ce reproche l'avait outrée :
« J'eusse mieux aimé, me dit - elle, qu'il

»m'eût donné un coup de poignard dans le
»cœur. »

A quatre heures après midi, je quittai cette
Bellone qui chassait aux hommes; nous cou-
pâmes par un sentier la pointe du Diable,
ainsi appelée, parce que les premiers navigateurs y virent, dit-on, varier leur boussole
sans en savoir la raison. Nous passâmes, en
canot, l'embouchure de la grande rivière qui
n'est point navigable, à cause d'un banc de
sable qui la traverse, et d'une cascade qu'elle
forme à un demi-quart de lieue de là.

On a bâti sur sa rive gauche une redoute
en terre, au commencement du chemin qui
mène à Flacque : nous le suivîmes par l'im-
possibilité de marcher le long du rivage, tout
rompu de roches. On rentre ici dans les bois,
qui sont très-beaux, et pleins d'orangers. A
un quart de lieue de là je trouvai une habitation dont le maître était absent : je m'y arrêtai.

J'avais marché deux heures et demie le
matin, et autant l'après-midi.

LE 10 SEPTEMBRE.

Nous suivîmes la grande route de Flacque, jusqu'à un quart de lieue au delà de la rivière Sèche, que nous passâmes à gué comme les autres ; ensuite, prenant à droite par un sentier, j'arrivai sur le bord de la mer à l'Anse d'eau douce, où il y avait un poste de trente hommes.

Nous reprîmes le rivage, qui commence là à être praticable. Je passai, sur le dos de Côte, un petit bras de mer assez profond. De temps en temps le sable est couvert de rochers, jusqu'à une longue prairie couverte du même chiendent que j'avais trouvé aux environs de Belle-Ombre. Toute cette partie est sèche et aride ; les bois sont petits et maigres, et s'étendent aux montagnes qu'on voit de loin : cette plaine, qui a trois grandes lieues, ne vaut pas grand'chose ; elle s'étend jusqu'à un établissement appelé les Quatre Cocos. Il n'y a d'autre eau que celle d'un puits saumâtre percé dans des rochers pleins de mines de fer.

Après dîner, un sentier sur la gauche nous mena dans les bois, où nous retrouvâmes des rochers. Nous arrivâmes sur le bord de la rivière de Flacque, à un quart de lieue de son embouchure : nous la traversâmes sur des planches. Je la côtoyai en traversant les habitations, qui y sont en grand nombre, et je vins descendre au magasin, situé sur la rive gauche. Il y avait un poste commandé par un capitaine de la légion, appelé M. Gautier, qui m'offrit un gîte.

LE 11.

Je me reposai. Le quartier de Flacque est un des mieux cultivés de l'île : on en tire beaucoup de riz. Il y a une passe dans les récifs, qui permet aux gaulettes de venir charger jusqu'à terre.

LE 12.

Mon hôte voulut m'accompagner une partie du chemin; nous fûmes en pirogue jusqu'auprès du poste de Fayette. Presque toute la côte est couverte jusque là de roches bri-

sées et de mangliers. Près du débarquement
nous vîmes sur le sable des traces de tortue,
ce qui nous fit mettre pied à terre ; mais nous
ne trouvâmes que le nid. Nous passâmes à
gué l'anse aux Aigrettes, bras de mer assez
large. J'étais sur les épaules de mon noir ;
quand nous fûmes au milieu du trajet, la
mer, qui montait, pensa le renverser : il eut
de l'eau jusqu'au cou, et je fus bien mouillé.
A quelque distance, nous en trouvâmes une
autre, appelée l'anse aux Requins. J'y remar-
quai de larges plateaux de rochers, percés
d'un grand nombre de trous ronds, d'un pied
de diamètre ; quelques-uns étaient de la profondeur de ma canne. Je présumai que quelque lave de volcan, ayant coulé jadis sur une
portion de forêt, avait consumé les troncs
des arbres, et conservé leur empreinte.

Du poste de Fayette à la rivière du Rempart, la prairie continue. Ce quartier est encore bien cultivé : nous y dînâmes. Je passai
la rivière ; ensuite je continuai seul ma route
jusqu'au delà de la rivière des Citronniers.
Le soleil baissait déjà à l'horizon, lorsque je
rencontrai un habitant qui m'engagea fort

honnêtement à entrer chez lui; cet honnête homme s'appelait le sieur Gole.

LE 13 SEPTEMBRE.

Il m'offrit, le matin, son cheval pour me rendre à la ville, dont je n'étais plus éloigné que de cinq lieues. J'aurais bien voulu achever le tour de l'île; mais il y avait quatre lieues de pays inhabité, où l'on ne trouve pas d'eau. D'ailleurs, de la pointe des Canonniers, je connaissais le rivage jusqu'au Port.

J'acceptai l'offre de mon hôte. Je partis de ce quartier qu'on appelle la Poudre-d'Or, à cause, dit-on, de la couleur du sable, qui me parut blanc comme ailleurs. Je passai d'abord la rivière qui porte le nom du quartier, j'entrai ensuite dans de grands bois; le sol en est bon, mais il n'y a point d'eau. J'arrivai au quartier des Pamplemousses; les terres en paraissent épuisées, parce qu'on les cultive depuis plus de trente ans sans les fumer. J'en passai la rivière à gué; ainsi que la rivière Sèche et celle des Lataniers, et j'arrivai le soir au Port.

J'avais trouvé toutes les campagnes en rapport, couvertes de pierres, excepté quelques cantons des Pamplemousses.

Je n'ai vu sur ma route aucun monument intéressant. Il y a trois églises dans l'île : la première au Port-Louis, la seconde au Port du sud-est, et la troisième, qui est la plus propre, aux Pamplemousses. Les deux autres ressemblent à de petites églises de village. On en avait construit une au Port-Louis, sur un assez beau plan ; mais, le comble en étant trop élevé, les ouragans ont fait fendre les murs qui le supportent. On s'en sert quelquefois au lieu de magasins, qui sont rares dans l'île. La plupart sont construits en bois ; c'est une matière qu'on ne devrait jamais employer pour les bâtiments publics , sur-tout ici, où les poutres ne durent pas plus de quarante ans, quand les carias ne les détruisent pas plus tôt. D'ailleurs, la pierre se rencontre par-tout, et l'île est entourée de corail, dont on fait de la chaux. La plus grande difficulté est aux fondations, où l'on est toujours obligé de faire sauter des roches avec de la poudre ; mais, tout compensé, je ne crois pas qu'un bâtiment en pierre coûte ici un tiers plus cher qu'un bâtiment en bois. Celui-ci, il est vrai, est bientôt prêt, mais bientôt ruiné. Les gens pressés de jouir ne jouissent jamais.

On compte que l'île a environ quarante-cinq lieues de tour. Elle est arrosée d'un grand nombre de ruisseaux fort encaissés : ils sortent du centre de l'île pour se rendre à la mer. Quoique nous fussions dans la saison sèche, j'en ai traversé plus de vingt-quatre, remplis d'une eau fraîche et saine. J'estime qu'il y a la moitié de l'île en friche, un quart de cultivé, un autre quart en pâturages, bons et mauvais.

~~~~~~

LETTRE XVIII.

SUR LE COMMERCE, L'AGRICULTURE, ET LA DÉFENSE DE L'ILE.

UNE lettre ne suffirait pas pour détailler ces trois objets, qui sont immenses. A commencer par le premier, je ne connais point de coin de terre qui étende ses besoins si loin. Cette colonie fait venir sa vaisselle de Chine, son linge et ses habits de l'Inde, ses esclaves et ses bestiaux de Madagascar, une partie de ses vivres du cap de Bonne-Espérance, son argent de Cadix, et son administration de France. M. de La Bourdonnais voulait en faire l'entrepôt du commerce de l'Inde, * une seconde Batavia. Avec les vues d'un grand

* Tout entrepôt augmente les frais du commerce; quand il est inutile, il ne faut pas l'établir. Aucune nation n'a aux Indes d'entrepôt placé hors des lieux

25*

génie, il avait le faible d'un homme ; mettez-le sur un point, il en fera le centre de toutes choses.

Ce pays, qui ne produit qu'un peu de café, ne doit s'occuper que de ses besoins ; et il devrait se pourvoir en France, afin d'être utile par sa consommation à la métropole, à la-

de son commerce. Batavia est dans une île qui donne des épiceries.

On regarde encore l'Ile-de-France comme une forteresse qui assure nos possessions dans l'Inde. C'est comme si on regardait Bordeaux comme la citadelle de nos colonies de l'Amérique. Il y a quinze cents lieues de l'Ile-de-France à Pondichéry. Quand on supposerait dans cette île une garnison considérable, encore faut-il une escadre pour la transporter aux Indes. Il faut que cette escadre soit toujours rassemblée dans un port, où les vers dévorent un vaisseau en trois ans. L'île ne fournit ni goudron, ni cordages, ni mâture : les bordages même n'y valent rien, le bois du pays étant lourd et sans élasticité.

On court les risques d'un combat naval. Si on est battu, le secours est manqué ; si on est victorieux, les soldats, transportés tout d'un coup d'un climat tempéré dans un climat très chaud, ne peuvent supporter les fatigues du service.

Si on eût fait pour quelque endroit de la côte Ma-

quelle il ne rendra jamais rien. Nos denrées, nos draps, nos toiles, nos fabriques y suffisent, et les cotonnines de Normandie sont préférables aux toiles du Bengale qu'on donne aux esclaves. Notre argent seul devrait y circuler. On a imaginé une monnaie de papier, à laquelle personne n'a de confiance. Dans son plus grand crédit elle perd trente-trois et souvent cinquante pour cent. Il est impos-

labare, où de l'embouchure du Gange, la moitié de la dépense qu'on a faite à l'Ile-de-France, nous aurions dans l'Inde même une forteresse respectable et une armée acclimatée : les Anglais ne se seraient pas emparés du Bengale. On peut s'en rapporter à eux sur ce qu'il convient de faire pour protéger un établissement. Ils entretiennent trois ou quatre mille soldats Européens sur les bords mêmes du Gange : ils avaient cependant assez d'îles éloignées à leur disposition. Il ne tient encore qu'à eux de s'établir sur la côte de l'ouest de Madagascar : mais dans leurs entreprises, ils ne séparent jamais les moyens de leur fin. Les moutons sont mal gardés quand le chien est à quinze cents lieues de la bergerie.

A quoi donc l'Ile-de-France est-elle bonne? A donner du café, et à servir de relâche à nos vaisseaux.

sible que ce papier perde moins : il est payable en France à six mois de vue ; il faut six mois pour le voyage, six mois pour le retour ; voilà dix-huit mois. On compte ici qu'en dix-huit mois, l'argent comptant placé dans le commerce maritime doit rapporter trente-trois pour cent. Celui qui reçoit du papier pour des piastres, le regarde comme une marchandise qui court plus d'un risque.

Le roi paie tout ce qu'il achète un tiers au moins au-dessus de sa valeur : les grains des habitants, la construction de ses édifices, les fournitures et les entreprises en tout genre. Un habitant vous fera un magasin pour vingt mille francs comptant; si vous le payez en papier, c'est dix mille écus; il n'y a pas là-dessus de dispute.

C'est pourtant la seule monnaie dont tout le monde est payé. On avait pensé qu'elle ne sortirait pas de l'île ; non-seulement elle en sort, mais les piastres aussi, pour n'y jamais rentrer ; autrement la colonie manquerait de tout.

De tous les lieux étrangers où elle commerce, le seul indispensable à sa constitution

présente, est Madagascar, à cause des esclaves et des bestiaux. Ses insulaires se conten-
taient autrefois de nos mauvais fusils, mais
ils veulent aujourd'hui des piastres cordon-
nées : tout le monde se perfectionne.

Au reste, si on compte qu'il y ait un jour
assez de superflu pour y faire fleurir le né-
goce, il faut se hâter de nettoyer le port.
Il y a sept ou huit carcasses de vaisseaux qui
y forment autant d'îles, que les madrépores
augmentent chaque jour.

Il ne devrait être permis à personne de
posséder des terres faciles à défricher, et à
la portée de la ville, sans les mettre en valeur. Personne ne devrait se faire concéder
de grands et beaux terrains pour les reven-
dre à d'autres. Les lois défendent ces abus :
mais on ne suit pas les lois.

On devrait multiplier les bêtes de somme,
sur-tout les ânes si utiles dans un pays de
montagnes : un âne porte deux fois la charge
d'un noir. Le nègre ne coûte guère davantage ; mais l'âne est plus fort et plus heureux.

On a fait beaucoup de lois de police sur ce
qu'il convient de planter. Personne ne con-

naît mieux que l'habitant ce qui est de son intérêt et ce qui convient à son sol. Il vaudrait mieux trouver le moyen d'attacher l'agriculteur au champ qu'il cultive à regret : car les ordonnances ne peuvent rien sur les sentiments.

Il y a un grand nombre de soldats inutiles, auxquels on pourrait donner des terrains à cultiver, en faisant les avances du défriché : on pourrait les marier avec des négresses libres. Si on eût suivi ce plan, depuis dix ans l'île entière serait en rapport; on aurait une pépinière de matelots et de soldats indiens. Cette idée est si simple, que je ne suis pas étonné qu'on l'ait méprisée.

Quant aux moyens à proposer pour adoucir l'esclavage des nègres, j'en laisse le soin à d'autres; il y a des abus qui ne comportent aucune tolérance.

Si vous consultez sur la défense de l'île, un officier de marine, il vous dira qu'une escadre suffit; un ingénieur vous proposera des fortifications; un brigadier d'infanterie est persuadé qu'il ne faut que des régiments; et l'habitant croit que l'île se défend d'elle-même.

Les trois premiers objets dépendent de l'administration, et sont dispendieux et nécessaires en partie. Je m'arrêterai au dernier, afin de vous faire part de quelques vues économiques.

J'ai observé, en faisant le tour de l'île, qu'elle était entourée, en grande partie, à quelque distance du rivage, d'une ceinture de brisants; que là où cette ceinture n'est pas continuée, la côte est formée de rochers inabordables. Cette disposition m'a paru étonnante; mais elle est certaine. L'île serait inaccessible, s'il ne se trouvait des passages dans les récifs. J'en ai compté onze: ils sont formés par le courant des rivières, qui se trouvent toujours vis-à-vis.

La défense extérieure de l'île consiste donc à interdire ces ouvertures. Quelques-unes peuvent se fermer par des chaînes flottantes, les autres peuvent être défendues par des batteries posées sur le rivage.

Comme on peut naviguer en bateau entre les récifs et la côte, on pourrait se servir de chaloupes canonnières, dont le service me paraît fort commode, par la facilité d'avancer ses feux, lorsque la passe se trouve à une grande distance du canon de la côte.

Derrière les récifs, le rivage est d'un abord aisé; on descend sur un sable uni. On pourrait rendre ces endroits impraticables, ainsi qu'ils le sont devenus naturellement dans le fond des anses du Port du sud-est. Il n'y a qu'à y planter des mangliers, la même espèce d'arbres qui y ont crû bien avant dans la mer en formant des forêts impénétrables : ce moyen est si facile que personne ne s'en avise.

Dans les parties de la côte battues par les lames, s'il se trouve quelques plateaux de rochers accessibles, ces lieux n'étant jamais fort étendus, on peut les défendre par quelques pans de muraille sèche, par des chevaux de frise tout prêts à jeter à l'eau, par des raquettes qui croissent sur les lieux les plus secs : mais, pour peu qu'il y ait de sable au pied, les mangliers y viendront; leurs branches et leurs racines s'entrelacent de telle sorte qu'aucun bateau n'y peut aborder. On néglige trop les moyens naturels de défense, les arbres, les buissons épineux, etc..... Ils ont cet avantage, qu'ils coûtent peu, et que le temps qui détruit les autres, ne fait qu'augmenter ceux-ci. Voilà quant à la défense maritime.

Je considère l'île comme un cercle, et chaque rivière venant du centre, comme un des rayons de ce cercle. On peut escarper, et planter de raquettes et de bambous toutes les rives qui sont du côté de la ville, et découvrir à trois cents toises le bord opposé. Alors chaque terrain compris entre deux ruisseaux, devient un espace tout fortifié, et le canal de ces ruisseaux, un fossé très-dangereux. Tous les côtés par où l'ennemi voudrait les passer seraient découverts, tous ceux que l'habitant défendrait seraient protégés : l'ennemi n'arriverait à la ville qu'à travers mille difficultés. Ce système de défense peut s'appliquer à toutes les îles de peu d'étendue ; les eaux y coulent toujours du centre à la circonférence.

Des deux ailes de montagnes qui embrassent la ville et le port, il n'y a guère à défendre que la partie qui regarde la mer. On bâtirait sur l'île aux Tonneliers une citadelle, dont les batteries placées dans des espèces de

26

chemins couverts donneraient des feux ra-
sants; on y mettrait beaucoup de mortiers,
si redoutés des vaisseaux. A droite et à gauche
jusques aux mornes, on saisirait le terrain
par des lignes de fortification respectables.
La nature en a déjà fait une partie des frais
sur la droite ; la rivière des Lataniers protége
tout ce front.

Le fond du bassin, formé derrière la ville
par les montagnes, comprend un vaste terrain, où l'on peut rassembler tous les habitants de l'île et leurs noirs. Le revers de ces
montagnes est inaccessible, ou peut l'être à
peu de frais.

Il y a même un avantage fort rare; c'est
qu'au fond de ce bassin, dans la partie la
plus élevée de la montagne, à l'endroit appelé le Pouce, il se trouve un espace considérable, planté de grands arbres, où coulent
deux ou trois ruisseaux d'une eau très-saine.
On ne peut y monter de la ville, que par un
sentier très-difficile. On a essayé d'y faire,
à force de mines, un grand chemin pour
communiquer de là dans l'intérieur de l'île;
mais le revers de ces montagnes est d'un es-

carpement effroyable; il n'y a guère que des
nègres ou des singes qui puissent y grimper.
Quatre cents hommes dans ce poste, avec
des vivres, ne pourraient jamais y être
forcés; toute la garnison même peut s'y retirer.

Si à ces moyens naturels de défense, on
ajoute ceux qui dépendent de l'administration, une escadre et des troupes, voici les
obstacles que l'ennemi aura à surmonter :

1° Il sera obligé de livrer un combat en
mer.

2° En supposant l'escadre vaincue, elle
peut retarder la descente du vainqueur, en
le forçant de dériver, dans le combat, sous
le vent de l'île.

3° Il lui reste à vaincre les difficultés du
débarquement; il ne peut attaquer la côte
que par des points, et jamais sur un grand
front.

4° Chaque passage de ruisseau lui coûte
un combat très-désavantageux, si on le
force à se présenter toujours à découvert.

5° Il est obligé de faire le siége de la ville
par un côté peu étendu, sous le feu des

mornes qui le commandent, et d'ouvrir la tranchée dans les rochers.

6° La garnison contrainte d'abandonner la ville, trouve au haut des montagnes un réduit sûr et pourvu d'eau, où elle peut elle-même recevoir des secours de l'intérieur de l'île.

Ce serait ici le lieu de vous parler de la défense de l'île de Bourbon, voisine de celle-ci : mais je ne la connais pas. Je sais seulement qu'elle est inabordable, bien peuplée, et qu'il y croît plus de blés qu'elle n'en peut consommer ; cependant j'entends dire à tout le monde que le sort de Bourbon est attaché à celui de l'Ile-de-France. Serait-ce parce que la caisse militaire est ici ? *

* L'auteur a supprimé quelques observations sur l'Ile-de-France, afin qu'on ne pût employer à l'attaquer ce qui était imaginé pour la défendre. C'est une discrétion qu'auraient dû avoir ceux qui ont publié des cartes et des plans de nos colonies, dont nos ennemis ont tiré plus d'une fois parti. Les Hollandais ne permettent pas qu'on grave les plans de leurs îles ; on en donne des copies manuscrites à chaque capitaine de vaisseau, qui les remet à son retour dans les bureaux de l'amirauté.

FIN DU TOME PREMIER.

TABLE ANALYTIQUE

DE LA PREMIÈRE PARTIE

DU VOYAGE A L'ILE-DE-FRANCE.

—

PRÉFACE.

Motif de l'ouvrage, son plan, son objet. page 1

LETTRE PREMIÈRE.

Départ de Paris, froid excessif. Arrivée à Rennes. Campagnes de Bretagne, observation sur le genêt et les pommes de terre. Du peuple dans les pays d'états. Commerce de la Bretagne. Paysan bas-breton. Observation sur la température des lieux aquatiques. Arrivée à Lorient. 7

LETTRE II.

De la ville de Lorient. Défaut de la citadelle du Port-Louis. Mœurs de ces deux villes ; mouve-ment du port de Lorient. 13

LETTRE III.

Distribution intérieure d'un vaisseau, gros temps dans le port. Poissonnerie de Lorient. Mœurs des pêcheurs. Observations sur les poissons et les écre-

26*

visses. Deux passagers de Paris craignent de s'embarquer. 16

LETTRE IV.

Départ de Lorient. Adieux. 21

Journal en mars 1768.

Danger dans la passe du Port-Louis. Passagers et officiers restés à terre. Gros temps, coup de mer, trois hommes emportés, désordre causé par le coup de mer. Vue des îles Canaries. Chaleur. Vents alizés. Iles du Cap-Vert. Observations sur les mœurs des gens de mer. 23

Journal en avril.

Matelot mort du scorbut. Baptême et passage de la Ligne. Temps orageux. Observations sur la mer et les poissons. Points lumineux, bonnets-flamands, galères, coquillage peu connu, limaçons bleus, coquillage de la carène, poisson-volant, encornet, thon. Effet singulier du thon de la pleine mer lorsqu'il est salé. Du sommeil des poissons, de l'eau de mer. Bonnite, grande-oreille, requin, pilotin; sucet, sa construction monstrueuse; pou du requin. Marsouin, dorade, baleine. 41

Journal en mai.

Rencontre d'un vaisseau anglais; grain violent, vaisseau coiffé. Observations sur le ciel, les vents

et les oiseaux ; étoiles ; crépuscules, leur chaleur
eût été nuisible sous la Ligne. Le lever de la lune
dissipe les nuages. Vents ; pôle sud plus froid que
le pôle nord, pourquoi. Utilité des vents. Beauté
du ciel entre les tropiques. Mauves et goélands,
alcyons, manches-de-velours, frégates, fauchets,
goëlettes, envergures, damiers, moutons-du-Cap.
Utilité qu'on peut tirer de la vue des oiseaux et
de celle des glaïeuls. Longitude ne peut se déterminer par la variation de l'aiguille. Expérience à
faire sur son inclinaison. 57

Journal en juin.

Précautions pour doubler le Cap ; progrès du scorbut. Coup de mer, présage d'une violente tempête ; le vaisseau foudroyé , grand mât brisé, violence du vent, mer monstrueuse, secousses du
vaisseau, découragement des matelots. Perte des
bestiaux, grand nombre de malades scorbutiques,
morts. Observations qui peuvent être utiles à la
police des vaisseaux. Subordination des officiers.
Disette d'eau, moyen d'en embarquer beaucoup
et de la préserver de corruption. Inconvénient
de la machine à dessaler l'eau de mer. Vivres,
moyen de conserver les viandes saines. Habille-
ment des matelots. Charpente du bâtiment ; lieu
du vaisseau où le bois se pourrit le plus promptement. 70

Journal en juillet.

Grand nombre de malades scorbutiques, mortalité,

vue d'un paille-en-cu, arrivée à l'Ile-de-France.
Observations sur le scorbut. Les animaux en sont
atteints. Cause et remède à ce mal. Palliatifs. Préjugés sur la tortue ; symptômes du scorbut ; précautions à prendre en arrivant à terre. . . . 86

LETTRE V.

Observations nautiques.

Brise de terre. Attérages orageux. Parages des vents
alizés du nord-est, des vents généraux du sud-est.
Relâches sur la route des Indes. Observations sur
les meilleures cartes. Hauts-fonds au sud de la
Ligne. Courants. Obstacles apportés aux voyages
par la nature. 93

AVERTISSEMENT. . . . . *

PROPORTIONS DU VAISSEAU LE MARQUIS DE CASTRIES. **

Forme nouvelle d'une table des observations nautiques du
voyage :

Qui comprend les jours du mois, les vents qui ont
régné, le chemin estimé, la route corrigée, la
variation, la latitude estimée, la latitude obser-
vée, la longitude estimée. . . . . ***

LETTRE VI.

Aspect et géographie de l'Ile-de-France.

Port du sud-est, Port-Louis ou du nord-ouest. Vue

---

* Voyez entre la page 98 et la page 99.
** Voyez *ibidem.*
*** Voyez *ibidem.*

triste de la ville et de ses environs. Mesures de
l'Ile-de-France et hauteur de ses montagnes suivant
l'abbé de La Caille. 99

LETTRE VII.

Du sol et des productions naturelles de l'Ile-de-France.

Herbes et arbrisseaux. Sol tenace et ferrugineux.
Sable calcaire. Prodigieuse quantité de rochers,
leur nature vitrifiable et métallique. Herbes. Trois
espèces de gramen : gazon élastique, chiendent,
gramen à large feuille ; herbe à soie, asperge épineuse, mauve à petites feuilles, chardon dangereux pour les volailles, lis aquatique, espèce
de giroflée, basilic vivace, raquettes. Arbrisseaux : le veloutier, effet singulier de son odeur ;
espèce de ronce antivénérienne, faux baume,
fausse patate, herbe à panier propre à donner
du fil, lianes et leur force prodigieuse, arbrisseau
spongieux, bois de demoiselle. Végétaux de l'Ile-
de-France, inférieurs en beauté à ceux de l'Europe 103

LETTRE VIII.

Arbres et plantes aquatiques de l'Ile-de-France.

Mapou, espèce de poison. Noms des arbres viennent
de la fantaisie des habitants. Bois de ronde, de
cannelle, de natte, d'olive, de pomme ; arbre
de benjoin, colophane, faux tatamaque, bois de

lait, bois puant, bois de fer, bois de fouge, figuier, bois d'ébène de plusieurs sortes, citronnier,
oranger, espèce de bois de sandal, vacoa, latanier,
palmiste, manglier. Observations sur les arbres ;
ils sont très-inférieurs aux arbres d'Europe en
beauté et en utilité. Agarics, mousses et fougères ; songes, espèce de nymphæa. Tristesse du
paysage 111

LETTRE IX.

Animaux naturels à l'Ile-de-France.

Quadrupèdes. Il est douteux que le singe y ait été
apporté. Il paraît l'habitant naturel de cette île.
Sa description. Des rats et de leurs désordres,
des souris. Oiseau flamant, corbigeau, paille-en-
cu, perroquets d'une beauté médiocre ; merle
familier, pigeon hollandais magnifique, ramier
dangereux, chauve-souris bonne à manger, espèce
commune de chauve-souris. Éperviers. Animaux
amphibies : tortues, tourlouroux, bernard-l'er-
mite. Insectes : sauterelles, leurs dégâts ; chenilles, papillons, papillon à tête de mort, prodigieuse quantité de fourmis, formica-leo, cent-
pieds, scorpions, guêpes jaunes avec des anneaux noirs, guêpe maçonne, guêpe qui coupe les
feuilles, abeilles ; espèce de fourmis appelées
cárias, leur dégât dans la charpente des maisons ;
trois espèces de cancrelas, ont pour ennemie la
mouche verte ; moutouc, ver qui ronge les ar-

bres, son nom chez les Romains ; mouches d'Europe, cousin ou maringouin fort incommode, demoiselles, belles mouches aquatiques, petits lézards bien colorés ; araignées de plusieurs sortes,
filent des toiles très-fortes ; prodigieuse quantité
de puces, pou ailé des pigeons ; pou blanc ou
puceron, nuisible aux vergers ; punaise maupin,
sa piqûre dangereuse. Observation sur les tem-
pératures chaudes favorables à la propagation des
insectes ; moyens qu'emploie la nature pour l'arrêter. 119

LETTRE X.

Des productions maritimes ; poissons, coquilles, madrépores.

Baleine, sa pêche négligée ; lamentin ; la vieille,
poisson dangereux à manger : malheur arrivé aux
Anglais à Rodrigue ; autres poissons suspects, tels
que le capitaine et la carangue ; requins, rougets,
mulets, sardines, maquereaux ; poule d'eau,
sorte de turbot ; raies blanches, raies noires, sabres, lunes, bourses, espèces de merlans, perroquets, poisson armé dangereux, le coffre, le
porc-épic, le polype. Poissons de rivière : la lubine, le mulet, la carpe, le cabot, l'anguille
dangereuse pour les nageurs. Testacés : homards
ou langoustes, petite espèce de homard fort joli ;
crabe ressemblant à un madrépore ; autre marqué
de cinq cachets rouges ; autre appelé le fer-à-che-
val ; autre crabe couvert de poils, crabe marbré,

autre qui porte ses yeux au bout de deux longs
tuyaux, l'araignée de mer, crabe dont les pinces
sont rouges, petit crabe à grande coquille. Boudin de mer très-singulier ; masse vivante, dont
la coquille est au dedans. Oursins : oursin violet
à longues pointes, oursin gris à baguettes rondes cannelées, oursin à baguettes obtuses et à
pans, oursin à cul d'artichaut, oursin commun à
petites pointes. Ordre conchyliologique nouveau.
Ordre sphérique plus commode, peut s'appliquer
à toutes les parties de l'histoire naturelle. Lépas
aplati, lépas étoilé, lépas fluviatile, oreilles-de-
mer, espèce d'oreille-de-mer sans trou. Vermiculaires : grand vermiculaire des madrépores ; cornet
de Saint-Hubert, nautile papyracé, nautile ordinaire. Limaçons sédentaires : bouche - d'argent
simple, bouche-d'argent épineuse, bouche-d'or,
limaçon fluviatile simple, limaçon fluviatile à pointes, conque persique, limaçon allongé, bécasse
épineuse, tonne ronde, tonne allongée. Limaçons
voyageurs : nérite cannelée, nérite lisse colorée
de rubans ; harpe, belle coquille ; harpe à pointe,
limaçon bleu, l'œuf-de-pintade, limaçon terres-
tre, lampe-antique. Rouleaux : l'olive commune,
l'olive de trois couleurs, olive noire, olive évasée, rouleau commun piqueté de rouge, rouleau
blanc, rouleau piqueté de points noirs, drap-
d'or, tonnerre, la poire, rouleau couvert de peau,
l'oreille-de-Midas, le grand casque, le casque
truité, le scorpion, l'araignée. Porcelaines : porce-

laines à dos d'âne, la tigrée, la carte-de-géogra-phie, l'œuf, le lièvre, l'olive de roche. Vis : la vis simple, vis avec une moulure, l'enfant-en-maillot, la culotte-de-Suisse, petite vis à bec, autre à dos d'âne, le fuseau blanc, fuseau tacheté de rouge, mitre fluviatile. Conjecture sur la cause qui a dirigé du même côté la bouche de la plupart des coquilles. Objection sur l'explication qu'on donne de leur formation. Bivalves : huître commune, la feuille, huître semblable à celle d'Europe, huître de la carène des vaisseaux, huître perlière, autre huître grise, huître perlière violette, la tuilée se trouve fossile sur les côtes de Normandie, huître épineuse, pelure-d'ognon, trois espèces de moules, moule blanche à coque élastique, hache - d'armes. Pétoncles : arche-de-Noé, cœur strié et cannelé, cœur-de-bœuf, corbeille, la râpe, pétoncle commune, autre espèce, le peigne, le manteau-ducal. Observations sur les coquillages, sur l'instinct des moules, sur la charnière des coquilles. Madrépores qui ne sont pas attachés au fond de la mer : le champignon, le plumet de trois sortes, le cerveau-de-Neptune. Madrépores attachés : le chou-fleur, le chou madrépore en spirale, autre semblable à un arbre, la gerbe, le pinceau, madrépore semblable au réséda, autre semblable à une île, la congélation, madrépore digité, le bois de cerf, la ruche à miel, le corail bleu, corail articulé blanc et noir, végétations coralines. Lithophyte semblable à une

paille, autre croissant comme une forêt de petits arbres. Trois espèces d'étoiles marines. Ambre gris. Observations sur les madrépores... 132

JOURNAL MÉTÉOROLOGIQUE.

Qualités de l'air.

Juillet 1768, Vent frais. Août, pluie. Septembre,
même température. Opinion des anciens sur la
cause de la végétation. Octobre, terres ense-
mencées. Novembre, vents variables. Décembre,
chaleur, ouragan et ses effets. Janvier 1769, temps
chaud, Février, coup de vent, accidents du tonnerre. Mars, chaleur supportable. Avril, fin de
l'été. Mai, saison sèche. Juin, grains pluvieux.
Observations sur les qualités de l'air 155

LETTRE XI.

Mœurs des habitants blancs.

Ouvriers, employés de la Compagnie, marins de la
Compagnie, officiers militaires de la Compagnie,
officiers du roi, missionnaires, marchands, Européens venus des Indes, protégés de Paris, employés et officiers de la marine du roi. Officiers
arrivés d'Europe, soldats, navigateurs. Caractère général. Négligence dans les maisons. Les
femmes aiment la danse; jolies, leur société,
leurs qualités domestiques; éducation des jeunes
créoles. Petit nombre de cultivateurs. 166

LETTRE XII.

Des noirs.

Malabares, leurs mœurs. Des nègres, leur caractère, leur industrie, amenés de Madagascar, trai-
tement fait aux esclaves, nourriture, habille-
ment, punition. Du code noir, des chiens des
noirs, chasse aux noirs marrons, leurs châtiments,
affreuse misère des esclaves. *Post-scriptum.* Ré-
flexion sur l'esclavage. N'est point nécessaire à
l'Ile-de-France pour l'agriculture ; lui est contraire, s'oppose à la population. Le code noir
n'est point observé. L'esclavage ne peut se justi-
fier ni par la théologie, ni par la politique. Philosophes devraient le combattre ; femmes euro-
péennes devraient s'y opposer.. 179

LETTRE XIII.

Agriculture ; herbes, légumes et fleurs apportés dans l'île.

Division des plantes. Plantes naturalisées : espèce
d'indigo, pourpier ; observation, cresson ; dent-
de-lion ou pissenlit, absinthe, molène, squine, observation, herbe blanche, brette de deux sortes.
Plantes cultivées dans la campagne : manioc, seconde espèce appelée camaignoc, maïs ou blé
turc, blé froment, observation de Pline, riz de
sept espèces, petit mil, avoine, tabac, fataque.
Plantes potagères utiles par leurs fruits : petits pois,

haricots, pois du Cap, autres haricots, féve de
marais, autre féve, artichauts, cardons, girau-
monts, concombres, melons, pastèques ou melons d'eau, courges, bringelle ou aubergine de
deux sortes, piments de deux espèces, ananas,
observation, fraises, framboises, framboises de
Chine. Plantes utiles par leurs tiges ou feuilles :
épinards, cresson des jardins, oseille, cerfeuil,
persil, fenouil, céleri, poirée, laitues, chicorées,
choux-fleurs, chou, pimprenelle, pourpier doré,
sauge, asperge. Plantes utiles par leurs racines
ou bulbes : carottes, panais, navets, salsifis, radis,
raves, rave de Chine, betterave, pomme de terre,
cambar, patate, safran, gingembre, pistache, observation, ciboules, poireaux, ognons. Plantes à
fleurs : réséda, balsamine, tubéreuse, pied-d'a-
louette, grande marguerite de Chine, œillet de
la petite espèce, grands œillets, lis, anémones,
renoncules, œillet d'Inde, rose d'Inde, giroflée,
pavots ; fleurs d'Afrique : immortelle du Cap, autre
immortelle, jonc à fleur, tulipe singulière ; fleur
de Chine, aloès de plusieurs espèces, observation 194

LETTRE XIV.

Arbrisseaux et arbres apportés à l'Ile-de-France.

Arbrisseaux : rosiers, rosiers de Chine, jasmin d'Espagne et de France, grenadiers à fleur double et
à fruits, myrte, cassis, foulsapatte, poincillade,

jalap, vigne de Madagascar, variétés de lianes, mougris à fleur double et simple, frangipaniers, lilas des Indes, lilas de Perse, lauriers-thyms, lauriers-roses, citronnier-galet, palma-christi, poivrier, arbrisseau du thé, rotin, cotonnier, canne à sucre, cafier. Arbres d'Europe : pins, sapins, chênes, cerisiers, abricotiers, néfliers, pommiers, poiriers, oliviers, mûriers, figuiers, vignes, pêchers, observation. Arbres étrangers : lauriers, agati, polcher, bambous, attiers, mangliers, bananiers, observation, goyaviers, jam-roses, papayers mâles et femelles, avocats, jacqs, tamariniers, diverses espèces d'orangers, pamplemousses, citronniers, cocotiers, observation, crabe des cocotiers, coco marin, dattier, palmier d'araque, palmier du sagou, caneficier, acajou, cannellier, cacaotier, muscadier, giroflier, observation, ravinesara, mangoustan, litchi, arbre de vernis, arbre de suif, citrons en grappe, arbre d'argent, bois de teck, observation. Jardins des Chinois.   207

LETTRE XV.

Animaux apportés à l'Ile-de-France.

Poissons : gourami, poissons dorés de Chine. Oiseaux : l'ami du jardinier, le martin, observation sur l'alouette, corbeau, oiseau du Cap, mésange, cardinal, trois sortes de perdrix, pintades, faisan de Chine, oies et canards sauvages, canards de Manille, poule d'Europe, poule noire d'Afrique,

27*

autre espèce de Chine, pigeons, deux espèces
de tourterelles, lièvres, chèvres sauvages, cochons marrons. Quadrupèdes domestiques : moutons, chèvres, bœufs, petite espèce de bœufs du
Bengale, observation sur les salaisons, chevaux,
mulets, ânes, ânes sauvages du Cap, chats, chiens,
effets du climat sur eux. 227

LETTRE XVI.

Voyage dans l'île.

Départ, arrivée à la grande rivière, voyage à une
caverne, sa description, ses dimensions. Voyage
à la Rivière-Noire, sortie du port, mauvais temps,
relâche, observation, rembarquement, danger,
arrivée à terre, correction du plan de l'abbé de
La Caille, poisson abondant. Voyage aux plaines
de Williams, habitant vivant dans une solitude,
l'auteur égaré, arrivée à Palme, plaines de Williams, rivière profonde. 234

LETTRE XVII.

Voyage à pied autour de l'île.

Préparatifs, départ, observation, petite rivière, citoyen utile mal récompensé, rivière. Belle-Ile,
embarras des voyageurs, plaines Saint-Pierre, observations sur les productions. Rivière du Dragon,
rivière du Galet, observation, anse du Tamarin,
observation en note, coquillages, autre observation.

Rivière-Noire, accident. Ilot du Morne. Halte, observation. Morne Brabant, famille d'un habitant. Passage dangereux du Cap, Belle-ombre, rivière des Citronniers, observation, pêche de coquillages, Poste-Jacotet, lieu agréable, rencontre d'une malheureuse négresse, bras de mer de la Savanne, des nègres marrons, générosité de deux négresses; observation, halte sur le bord de la mer, accident, observation en note, rivière du Poste, l'auteur indisposé. Bras de mer du Cbalan, rivières de la Chaux et des Créoles, habitation des Prêtres, arrivée au Port du sud-est, sa description. Baleines, beaux coquillages, comète très-apparente. Paysage du Port du sud-est. Halte, mœurs féroces d'une femme créole, pointe du Diable, grande rivière. Route de Flacque, les Quatre-Cocos, quartier de Flacque, ses productions, poste de Fayette, accident arrivé à l'auteur dans l'anse aux Aigrettes, observation, rivière du Rempart, quartier de la Poudre-d'Or, quartier des Pamplemousses, arrivée au Port; observation sur les églises et les constructions en charpente; observation sur la culture de l'île 250

LETTRE XVIII.

Sur le commerce, l'agriculture et la défense de l'île.

Besoins de l'Ile-de-France. Note sur son utilité. Son commerce, papier ruineux, port à nettoyer. Agriculture, abus, agiotage de terres, lois agraires inutiles. A quoi on eût pu employer les soldats.

Défense de l'île : défense de la côte, sa disposition singulière, moyens naturels de défense trop négligés ; défense de l'intérieur de l'île et de la ville, poste très-avantageux, obstacles que l'ennemi aura à surmonter. De l'île de Bourbon. Note. 293

FIN DE LA TABLE ANALYTIQUE DE LA PREMIÈRE PARTIE DU VOYAGE A L'ILE-DE-FRANCE.

TABLE DES MATIÈRES

CONTENUES DANS CE VOLUME.

Dédicace au Roi. . . . . page 1

Essai sur la vie et les ouvrages de Bernardin de
Saint-Pierre. iii

    Préface de l'Éditeur. v

    Essai sur la vie et les ouvrages de Bernardin
    de Saint-Pierre 1

Voyage a l'Ile-de-France 1

    Préface de la première édition 1

    Voyage à l'Ile-de-France, Lettres 1 à xviii
    incluse 7

Table analytique de la première partie du voyage
a l'Ile-de-France. 305

FIN DE LA TABLE DU TOME PREMIER.

www.ingramcontent.com/pod-product-compliance
Lightning Source LLC
Chambersburg PA
CBHW072349030726
47505CB00014B/1299